# MUY LEJOS DE CASA

PAUL BOWLES

# MUY LEJOS DE CASA

con ilustraciones de
MIQUEL BARCELÓ

Traducción del inglés por
RODRIGO REY ROSA

Seix Barral ⚓ Biblioteca Breve

Cubierta: ilustración de Miquel Barceló

Título original:
*Too far from home*

Primera edición: noviembre 1992

Texto: © 1992 Paul Bowles, published in the US by Ecco Press
Ilustraciones: © 1992 Miquel Barceló

Derechos exclusivos de edición en castellano
reservados para todo el mundo
y propiedad de la traducción:
© 1992: Editorial Seix Barral, S. A.
Córcega, 270 - 08008 Barcelona

ISBN: 84-322-0670-9

Depósito legal: B. 35.487 - 1992

Impreso en España

Ninguna parte de esta publicación, incluido el diseño de la cubierta, puede ser reproducida, almacenada o transmitida en manera alguna ni por ningún medio, ya sea eléctrico, químico, mecánico, óptico, de grabación o de fotocopia, sin permiso previo del editor.

# I

De día, su cuarto vacío tenía cuatro paredes, y las paredes contenían un espacio definido. De noche el cuarto se extendía interminablemente en la oscuridad.

—Si no hay mosquitos, ¿por qué las mosquiteras?

—Las camas son muy bajas, y hay que meter los pabellones debajo del colchón, no sea que toquemos el suelo con las manos —le dijo Tom a su hermana—. Nunca sabes lo que puede andar arrastrándose por ahí.

El día de su llegada, lo primero que hizo Tom después de mostrarle su alcoba, fue darle una vuelta por la casa. Era oscura y limpia. Los cuartos estaban casi todos vacíos.

A ella le pareció que la servidumbre ocupaba la mayor parte del edificio. En una habitación, cinco mujeres estaban sentadas en fila a lo largo del muro. Tom se las presentó una por una, y le explicó que solamente dos de ellas eran empleadas de la casa; las demás estaban de visita. En otro cuarto se oían voces masculinas, voces que se convirtieron en silencio cuando Tom llamó a la puerta. Salió un hombre alto y muy negro con turbante blanco. Ella tuvo de inmediato la impresión de que al hombre le molestaba su presencia, pero él la saludó respetuosamente. «Te presento a Sekou —le dijo Tom—. Él lleva la casa. Tal vez no te lo parezca, pero es muy inteligente.» Miró a su hermano con malestar; él pareció comprender la razón. «No te preocupes —añadió—. Aquí nadie entiende una palabra de inglés.»

Le fue imposible seguir hablando acerca del hombre que tenía enfrente. Pero más tarde, cuando estaban en la azotea bajo el toldo improvisado, reanudó la conversación. «¿Qué te hizo suponer que tu criado me

parecería estúpido? Ya sé que no lo has dicho; pero es igual. No soy racista, ¿sabes? ¿Le ves tú cara de tonto?»

—Sólo quería ayudarte a ver la diferencia entre él y los demás.

—Oh —dijo ella—. La diferencia puede verse, desde luego. Es más alto y más negro que los otros, y sus facciones son más finas.

—Pero hay también una diferencia básica —le dijo Tom—. No es un sirviente, como los otros. Sekou no es su nombre. Es un título. Es una especie de jefe.

—Pero lo vi barriendo el patio —replicó ella.

—Sí, pero eso lo hace porque quiere. Le gusta estarse en la casa. No me molesta tenerlo aquí. Mantiene a los otros en orden.

Anduvieron hasta el borde de la azotea. El sol era deslumbrador.

—Eso lo creo —se rió ella—. Tiene cara de tirano.

—Dudo que haga sufrir a nadie. ¿Sabes? —continuó, alzando repentinamente la voz—, *eres* racista. Si Sekou fuera blanco, eso no se te hubiera ocurrido.

Ella le hizo frente bajo la ardiente luz del sol.

—Si fuera blanco, tendría otra cara. Después de todo, son las facciones las que dan expresión a una cara. Y apostaría cualquier cosa a que si mantiene el orden lo hace por el miedo.

—Lo dudo —dijo Tom—. Pero si así fuera, ¿qué?

Ella volvió a entrar en la casa, y se detuvo a la puerta de su habitación. La sirvienta había cambiado las posiciones de la alfombra y del colchón, haciéndolos girar en un ángulo de noventa grados. Esto le molestó, aunque no sabía por qué.

## II

Mi querida Dorothy,

La carta en que me cuentas lo de tu accidente me ha dejado helada. Por suerte no corrías mucho. Probablemente cuando recibas ésta tu pierna habrá sanado. Eso espero. Nunca deja de asombrarme el que el correo llegue hasta estos lugares, que son verdaderamente el fin del mundo. Cuando pienso que la ciudad más cercana es Tombouctou, siento una especie de abatimiento. Es algo pasajero, sin embargo. Lo que no debo olvidar es que vine porque en aquel momento me pareció una solución ideal, y teniéndolo todo en cuenta, esto era realmente lo único que podía hacer. ¿Qué, si no, me hubiera sacado de la depresión que sufrí después del divorcio, aparte de una buena temporada en un sanatorio? Y quién sabe, también eso pudo no haber funcionado. De todas formas, el aspecto financiero no me permitiría esa salida. Con la beca Guggenheim de Tom, esto me pareció perfecto. La idea era escapar de todo lo que pudiese recordarme el trance por el que había pasado. Este sitio es sin duda la antítesis de Nueva York y de cualquier ciudad norteamericana. La comida me preocupa, pero por el momento ninguno de los dos ha enfermado. Probablemente lo importante es que nuestra cocinera es suficientemente civilizada para creer en las bacterias, y cuida de esterilizar lo que necesita ser esterilizado. El valle del río Níger no es lugar para enfermarse de nada. Afortunadamente, para beber se consigue agua mineral francesa. Si dejaran de importarla, o si escaseara, tendríamos que beber la que hay aquí, hervida y con Halazone. Tal vez todo esto te parezca ridículo, pero el vivir aquí la vuelve a una hipocondríaca. Te preguntarás por qué

no describo el lugar, el paisaje. No puedo. Creo que no podría ser objetiva, de modo que, terminada mi descripción, tú no tendrías una idea más clara del lugar que la que puedes tener ahora. Tendrás que esperar a ver lo que Tom hace con él, aunque por ahora no ha pintado ningún paisaje —solamente lo que ve en la cocina: verdura, fruta, pescados, y algunos esbozos de los negros bañándose en el río. Lo verás todo a nuestro regreso.

Elaine Duncan está tocada. Me pregunta si no hecho de menos a Peter, imagínate. ¿Cómo funciona una mente así? Al principio creí que bromeaba, pero luego me di cuenta de que hablaba muy en serio. Supongo que es un rasgo típico de su sensiblería. Sabe por lo que pasé y cuánto me costó tomar la decisión final. Y me conoce lo suficiente para saber que si opté por la ruptura fue porque estaba plenamente convencida de que no podía continuar con Peter. Es obvio que ella espera que me arrepienta de haber abandonado la vida conyugal. Me temo que se llevará un buen chasco. Me siento libre, por fin. Puedo pensar en lo que quiera sin que nadie esté preguntándome: «¿En qué piensas?» Tom trabaja en silencio todo el día, y no le importa si le hablo o no. Es tan agradable estar con alguien que no te presta atención, que no se fija en tu presencia. Desaparecen todos los sentimientos de culpa. Todo esto es muy personal, desde luego. Pero en un sitio como éste te vuelves autoanalítica.

Espero de verdad que te hayas recobrado por completo de los efectos del accidente, y que te abrigues bien. Aquí la temperatura se mantiene a más de cien grados Fahrenheit.*
¡Puedes imaginar cuántas energías tengo!

Tu devota amiga,

Anita

* 46 °C.

## III

Las noches pasaban despacio. Acostada en la silenciosa negrura, le parecía a veces que la noche había descendido para abrazar la tierra tan apretadamente que el día no volvería a clarear. El sol podría estar ya en lo alto y nadie lo sabría. La gente seguiría durmiendo mientras estuviera oscuro, Tom en el cuarto contiguo, Yohara y el vigilante cuyo nombre no recordaba, en uno de los cuartos desnudos del otro lado del patio. Eran muy sigilosos, aquel par. Se acostaban temprano y se levantaban temprano, y el único sonido que de vez en cuando llegaba de aquella parte de la casa era la tos seca de Yohara. Le molestaba el que su cuarto no tuviese puerta. Habían colgado una cortina parda en la abertura que daba al cuarto de Tom, para que la potente luz de su lámpara Coleman no la molestara. A Tom le gustaba quedarse leyendo hasta las diez, pero ella estaba siempre somnolienta al terminar de cenar, y tenía que irse a la cama, donde se entregaba a un profundo sueño de dos o tres horas, para luego despertarse y permanecer tendida en la oscuridad, deseando que amaneciera. El cacarear de los gallos, próximo o lejano, carecía de sentido. Cacareaban a cualquier hora de la noche.

Al principio le había parecido natural que Yohara y su marido fueran negros. En Nueva York tuvo siempre dos o tres domésticos negros. Allá le parecían sombras de personas, como extraviados en un mundo de blancos con quienes no compartían ni la cultura ni la historia, y por tanto, intrusos, lo quisieran o no. Sin embargo, poco a poco había comenzado a darse cuenta de que aquí ellos dominaban el medio y formaban parte de la cultura del lugar. Era natural, desde luego,

pero no dejó de causarle impresión el comprender que la gente real eran los negros y la sombra era ella, que ni aun pasando aquí el resto de su vida llegaría a entender cómo razonaban.

## IV

Querida Elaine,

Debí escribirte hace tiempo acerca de mi llegada, pero llevo varias semanas sintiéndome indispuesta —no físicamente, en realidad, aunque el espíritu y la carne no están separados. Cuando estoy deprimida me parece que mi cuerpo se cae a pedazos. Supongo que es normal, quizá no lo sea. Dios sabe.

A decir verdad, la primera vez que vi la planicie que se extendía hasta el horizonte, sentí que mi depresión se disolvía en aquella claridad. Era difícil creer que hubiese tanta luz. ¡Y la quietud que envolvía cada pequeño sonido! Uno siente que el pueblo fue construido sobre un colchón de silencio.

Esto fue algo nuevo, una sensación asombrosa, y yo era muy consciente de ello. Me parecía que era exactamente lo que necesitaba para olvidar el divorcio y lo demás. No tenía nada que hacer, nadie a quien ver. Era dueña de mí misma, y ni siquiera tenía que ocuparme con la servidumbre si no me apetecía. Era como estar acampando en un caserón vacío. Desde luego, terminé por meterme con la servidumbre, porque todo lo hacían mal. Tom me decía: «Déjalo estar. Saben lo que hacen.» Supongo que saben lo que quieren hacer, pero me parece que no lo consiguen. Si critico la comida, la cocinera se muestra perpleja y ofendida. La causa de esto es que sabe que en la región de Gao ha cobrado fama como la mujer cuya cocina gusta a los europeos. Me escucha y me da la razón, pero como alguien que intenta calmar a un enfermo perturbado. Sospecho que es así, precisamente, como me ve.

Tom es completamente consciente de lo que pasa a su alrededor, y concentra su atención en los menores detalles, de manera que logra objetivar esos detalles, manteniéndose así fuera y alejado de ellos. Pinta lo que tiene ante sus ojos en el momento que sea, en la cocina, o en el mercado, o a la orilla del río: legumbres, o frutas en el acto de ser cortadas, a menudo con el cuchillo clavado todavía en la carne, gente bañándose o pescados del Níger. Mi problema es que esta vida arrastra conmigo contra mi voluntad. Quiero decir que me veo forzada a participar de una especie de consciencia comunal que realmente detesto. No sé nada acerca de esta gente. Son todos negros, pero no tienen nada que ver con «nuestros» negros norteamericanos. Son más sencillos, más amigables y directos, y al mismo tiempo, muy distantes.

Hay algo que anda mal con las noches en este lugar. Sería lógico pensar que la noche no es más que el tiempo en que se abren las puertas del cielo y se puede mirar al infinito, y que por tanto el punto desde donde uno mira no tiene importancia. La noche es la noche, percíbase desde donde se percibie-

re. La noche aquí no es distinta de la noche en otro sitio. Así lo quiere la lógica. El día es vasto y luminoso y es imposible ver más allá del sol. Me doy cuenta de que al decir «aquí» no quiero decir «aquí en medio del Sahara a orillas del Níger», sino «aquí en la casa donde vivo». Aquí, en esta casa de piso de tierra suave por el que los sirvientes andan descalzos y no oyes a nadie aproximarse hasta que lo tienes en la habitación.

Hago lo posible por acostumbrarme a esta vida insensata, pero créeme que no es fácil. La casa tiene muchos cuartos. Es inmensa, en realidad, y los cuartos son espaciosos. Y estando desamueblados, parecen más grandes, desde luego. No hay más muebles que los colchones en que dormimos y nuestras maletas, y los armarios donde colgamos la poca ropa que hemos traído. Fue gracias a estos armarios que conseguimos la casa, porque la hacían pasar por «casa amueblada», lo que elevaba a tal punto el alquiler, que nadie quería tomarla. A nosotros, por supuesto, nos resulta muy barata, y bien sabe

Dios que así debe ser, pues no tiene electricidad, ni agua, ni siquiera una silla para sentarse o una mesa para comer, o, a todo esto, una cama para dormir.

Naturalmente, yo sabía que haría calor, pero no tenía idea de lo que era esta clase de calor —sólido, sin variaciones día tras día, sin ninguna brisa. Y no lo olvides, no tenemos agua, de modo que hasta el más ligero aseo se convierte en todo un número. Tom es un ángel acerca del agua. Me deja usar casi toda la que conseguimos. Dice que las mujeres la necesitamos más que los hombres. No sé si esto será un insulto, y me da igual, mientras me ceda el agua. Dice también que no hace calor. Pero no es cierto. No sé cómo convertir centígrados en Fahrenheit, pero si tú puedes, convierte 46 °C en F. Mi termómetro marcaba 46 °C esta mañana.

No sé qué es peor, el día o la noche. Durante el día, claro, hace más calor, pero no mucho más. Esta gente no cree en las ventanas, así que los interiores son oscuros, y esto produce una sensación de encierro.

Tom trabaja gran parte del tiempo al sol en la azotea. Asegura que no le molesta, pero yo no puedo creer que le caiga bien. Para mí sería desastroso pasarme horas y horas de un tirón sentada allí arriba como lo hace él.

Me hizo reír tu pregunta acerca de cómo me siento después del divorcio, y si Peter «significa todavía algo» para mí. ¡Vaya pregunta! ¿Qué podría significar ahora? Hoy por hoy, siento que si vuelvo a ver a un hombre serán demasiados. Estoy harta de sus hipocresías, y de buen grado los mandaría a todos al infierno. A Tom no, desde luego, porque es mi hermano, aunque tratar de convivir con él en estas condiciones no es nada fácil. Pero el tratar de vivir, simplemente, es difícil en este lugar. No te imaginas cuán distante de todo la hace sentirse a una.

El servicio de correos no es óptimo. ¿Cómo podría serlo? Pero tampoco es inexistente. Las cartas llegan, así que no dejes de escribir. Después de todo, la oficina de correos es el extremo del cordón umbilical que me mantiene sujeta al mundo. (Estuve a punto de añadir: *y a la cordura.*)

Espero que te encuentres bien, y que Nueva York no esté peor que el año pasado; aunque seguramente lo está.

Todo mi cariño, y escribe,

Anita

## V

Al principio hubo recuerdos —imágenes precisas, pequeñas, acompañadas de los sonidos y los olores de algún incidente ocurrido cierto verano—. Las cosas que recordaba habían carecido de importancia en el momento de producirse, pero ahora ella luchaba desesperadamente por retenerlas, por vivirlas otra vez y evitar que desaparecieran en la oscuridad que la envolvía, donde un recuerdo perdía los contornos y era reemplazado por otra cosa. Las entidades sin forma que sucedieron a los recuerdos eran amenazadoras por indescifrables, y, al llegar a este punto, su pulso y su respiración se aceleraron. «Como si hubiera bebido café», pensó, aunque nunca lo bebía. Si unos momentos atrás había estado reviviendo el pasado, ahora se encontraba encerrada en el instante actual, cara a cara con un miedo insensato. Se abrieron rápidamente sus ojos, para quedar fijos en lo que no estaba ahí en la tiniebla.

La comida no le gustaba, la encontraba demasiado picante, por el pimentón, y desabrida al mismo tiempo.

—Y te das cuenta —le dijo Tom—, tenemos la mejor cocinera de la región.

Ella respondió que le costaba creerlo.

Comían en la azotea, no al sol, sino en el intenso resplandor de una sábana blanca tendida sobre sus cabezas. Ella tenía en la cara una expresión de disgusto.

—Compadezco a la que se case contigo —dijo en seguida.

—Eso es una abstracción —contestó él—. No te preocupes. Que se lamente ella cuando estemos casados.

—Oh, se lamentará. Te lo aseguro.

Después de un momento bastante largo, volvió a mirarla.

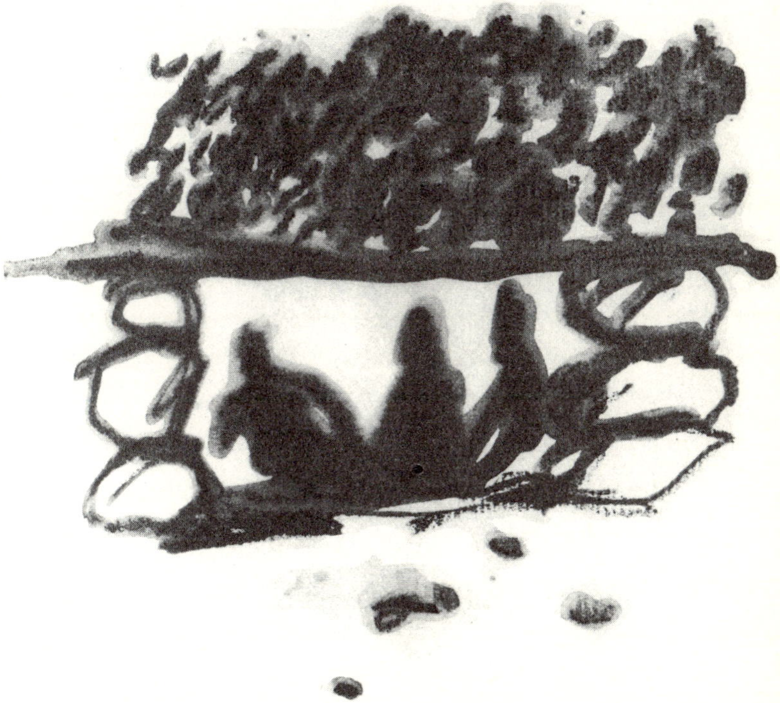

—¿Por qué te has puesto de pronto tan agresiva?

—¿Agresiva? Pensaba en cuánto te cuesta mostrar afecto, nada más. Sabes que últimamente no me siento muy bien. Pero ¿me has dado en algún momento una pizca de afecto? —(Se preguntó, demasiado tarde, si hacía bien en reconocer esto.)

—Estás perfectamente bien —dijo Tom, adoptando su aire arisco.

## VI

Querida Peg,

Es evidente que Tom hace todo lo posible por evitar que un día sea exactamente igual al anterior. Organiza un paseo por el río, o una excursión al «pueblo», como él llama al indescriptible conjunto de casas alrededor del mercado. Dondequiera que vamos, debo tomar instantáneas. Esto puede ser divertido, a veces. Todo lo demás es agotador. Está claro que Tom hace estas cosas para evitar que yo me aburra, lo cual significa que es una especie de terapia, lo que a su vez significa que él cree (y teme) que su hermana podría sufrir un trastorno mental. Esto me preocupa mucho. Quiere decir que entre nosotros dos hay algo que no puede ser mencionado. Es embarazoso y crea tensión. Me gustaría ser capaz de hacerle cara y decirle: «Tranquilízate. No estoy a punto de volverme loca.» Pero puedo imaginar bastante bien el pésimo efecto de una declaración tan directa. Sería darle prueba de que no estoy segura de mi estabilidad mental, y desde luego, lo único que necesita para que se le frustre el año es una hermana alterada. ¿Por qué he de dudar de mi buena salud? Supongo que sólo porque la mera sospecha de Tom al respecto me aterra. No puedo soportar la idea de ser una aguafiestas, o de que él piense que lo soy.

Paseábamos ayer Tom y yo por la orilla del río. Una playa ancha de barro endurecido. Él intenta hacerme caminar más cerca del agua, donde el suelo es suave, diciendo que sienta bien a los pies descalzos. Dios sabe qué clase de parásitos hay en esa agua. Me parece suficientemente peligroso caminar descalza por cualquier clase de terreno en este sitio, sin meterme en el agua. Cuando me cuido, Tom se impacienta. Asegura que es parte de la forma negativa en que generalmente enfoco la vida. Estoy acostumbrada a sus críticas, y no les presto oído. Pero dijo algo que no se me olvida, y es que el egocentrismo exagerado causaba invariablemente la insatisfacción y minaba la salud. Es obvio que me considera un modelo de egotismo. De modo que hoy al subir a la azotea, me enfrenté con él. El diálogo fue más o menos así:

—Pareces creer que no soy capaz de interesarme en nada que no sea yo misma.

—Sí. Eso creo.

—Está bien, pero no tienes por qué ser tan arrogante.

—Ya que comenzamos esta conversación, será mejor que continuemos. Dime, entonces, ¿en qué estás interesada?

—Si te lo preguntan así, a quemarropa, es difícil salir con algo, ¿sabes?

—Pero ¿no te das cuenta de que eso quiere decir que no se te ocurre nada? Y eso es porque no tienes intereses. Por lo visto no comprendes que el fingir interés, despierta

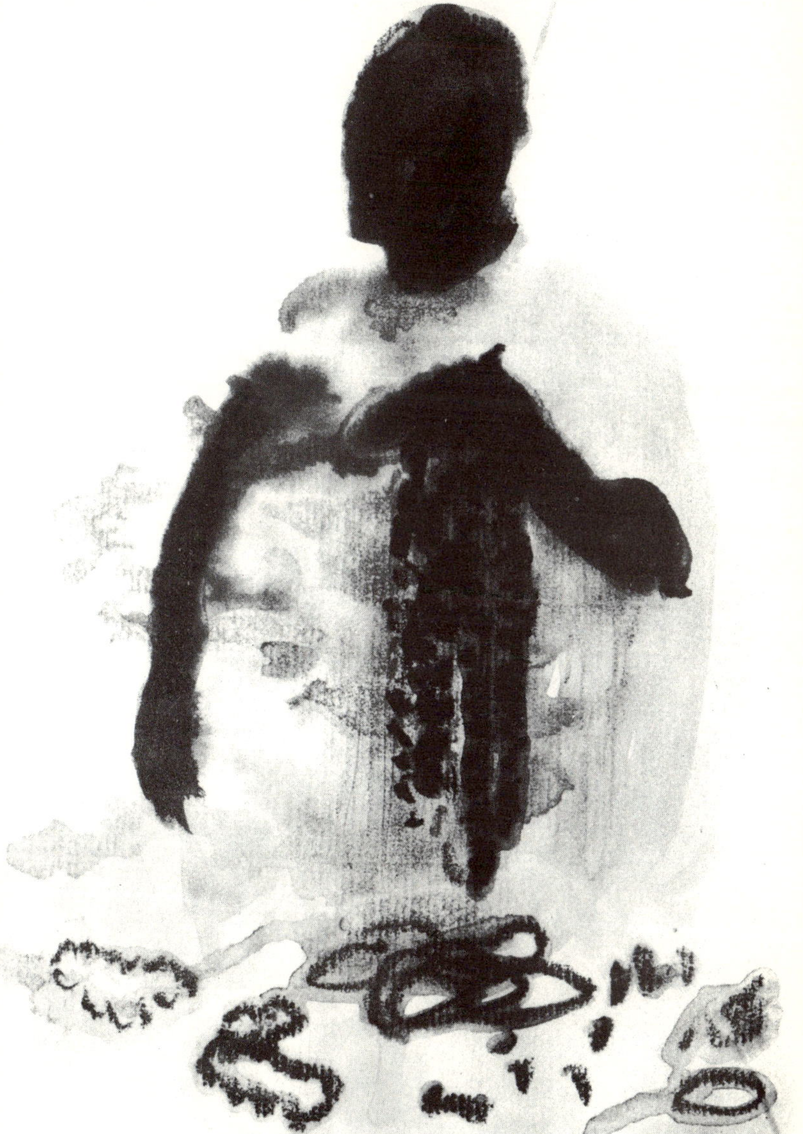

el interés. Como en el viejo proverbio francés acerca del amor que nace de los gestos del amor.

—Entonces, ¿crees que la salvación está en fingir?

—Sí, y lo digo en serio. Todavía no has visto mi trabajo, y menos aún has pensado en él.

—He mirado todo lo que has hecho aquí.

—Lo has mirado. Pero ¿lo has visto?

—¿Cómo pretendes que aprecie tu trabajo? No entiendo mucho de pintura. Eso lo sabes.

—No me importa si lo comprendes, ni aun si te gusta. No estamos hablando de mi trabajo. Hablábamos acerca de ti. Eso era sólo un ejemplo. Podrías interesarte en los sirvientes y sus familias. O en cómo la arquitectura del pueblo se adapta a las exigencias del clima. Veo que ésta es una sugerencia bastante ridícula, pero hay mil cosas en las que uno podría interesarse.

—Sí, siempre que te interesen, para empezar. Si no, es difícil.

Cuando decidí venir, me percataba (o estaba casi segura) de que me metía en un asunto poco placentero. Ahora me doy cuenta de que escribo como si hubiera ocurrido algo espantoso, cuando en realidad no ha pasado nada. Esperemos que no pase nada.

Todo mi cariño.

Anita

## VII

¡Hola, Ross!

Ésta es la vista hacia el sur desde mi azotea. Es mucha nada, sin duda. Y sin embargo, un solo hombre cobra importancia de una manera inesperada en un paisaje tan vasto. No es un lugar para recomendarlo a nadie. Ni siquiera a Anita se lo recomendé; vino, simplemente. Creo que está contenta aquí —tan contenta como ella puede estarlo, quiero decir—. Hay días en que está más irritable que nunca, pero no le hago caso. No creo que disfrute mucho con la vida de soltera. Lástima que no pensara en eso antes de venir. Yo no hago casi nada, trabajo aparte. Me parece que voy bien. Costaría Dios y ayuda detenerme en este momento.

Tom

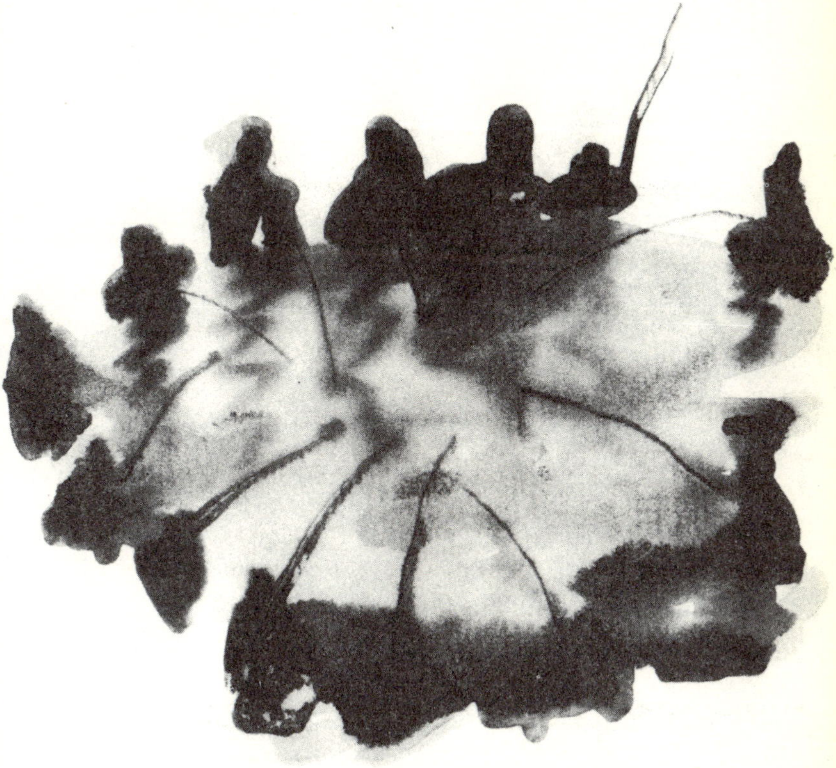

## VIII

Una mañana al terminar de desayunar, puso la bandeja en el suelo al lado de la cama y subió corriendo a la terraza para tomar un poco de aire fresco. Casi siempre evitaba subir, porque Tom pasaba allí la mayor parte del día, por lo general sin trabajar, sentado en el suelo sencillamente. Una vez, ella había cometido la imprudencia de inquirir qué estaba haciendo, y en lugar de contestar «Me comunico con la naturaleza» o «Medito» —como algún pintor más pretencioso hubiera respondido—, Tom dijo: «Tomo ideas.» Una respuesta tan directa era equivalente a expresar el deseo de estar solo; de modo que ella respetaba su intimidad y evitaba subir a la azotea. Hoy, Tom no dio señales de disgusto.

—Oí la llamada a la oración por primera vez esta mañana —le dijo ella—. Todavía estaba oscuro.

—Sí, a veces puede oírse esa llamada —dijo él—, cuando no hay otros sonidos que la apaguen.

—Lo encontré muy reconfortante. Me hizo sentir que alguien estaba al mando.

Tom no parecía prestarle atención.

—Oye, Nita, ¿podrías hacerme un gran favor?

—Sí, desde luego —respondió, sin saber lo que venía. Dado el preámbulo, no sería nada habitual.

—¿Podrías ir al pueblo por unas películas? Quiero tomar varias fotografías más. Nuestra madre, sabes, ha pedido retratos de los dos juntos. Tengo muchas fotos, pero no de nosotros. Iría yo mismo, pero no tengo tiempo. No son todavía las nueve. La tienda donde venden películas está del otro lado del mercado. No cierran hasta las diez.

—Pero, Tom, olvidas que no sé cómo ir a ningún sitio.

—Pues Sekou irá contigo. No te perderás. Diles que quieres blanco y negro.

—Yo sé que ella las prefiere en color.

—Tienes razón. A los viejos y a los niños les gusta más el color. Compra dos carretes de color y dos de blanco y negro. Sekou estará esperándote en la puerta.

Deploraba el necesitar un guía para ir a la tienda, y más aún el que éste fuese el negro cuya actitud le había parecido hostil. Pero era temprano todavía, y el aire de la calle estaría relativamente fresco.

—No vayas con esas sandalias —le dijo Tom, volviendo a su trabajo, sin mirarla—. Ponte calcetines gruesos y zapatos. Dios sabe lo que puedes coger en el polvo.

Así que, calzando lo prescrito, anduvo hasta la puerta, y Sekou atravesó el patio y la saludó en francés. Su amplia sonrisa le hizo pensar que tal vez se había equivocado, que a Sekou, después de todo, no le molestaba su presencia. ¿Y qué, si le molesta?, pensó altivamente. Una podía enterrar su propio ego, pero el decoro señalaba un límite en cuanto a la profundidad. Más allá de ese límite, el olvido de sí misma se convertía en un juego abyecto. Sabía que era un rasgo de su carácter el no querer reconocer que era una «persona». Aun cuando no existía la posibilidad de un enfrentamiento, esconderse en las sombras de la neutralidad era tan fácil... A nadie podían importarle mucho las reacciones de un sirviente africano. Pues a pesar de lo que Tom le había dicho, ella seguía pensando que Sekou era una especie de sirviente —un factótum, quizá con el grado de bufón.

Era una locura lo que hacía, pasear por la calle principal del pueblo al lado de este negrazo. «Una pareja inesperada, Dios me entiende.» La idea de ser fotografiada en aquel momento le hizo sonreírse. Si le enviase a su madre un retrato así, sabía más o menos cuál sería la respuesta. «Lo último en exotismo.» A ella, por supuesto, no le parecía que esta calle fuera exótica o pintoresca; era sucia y miserable.

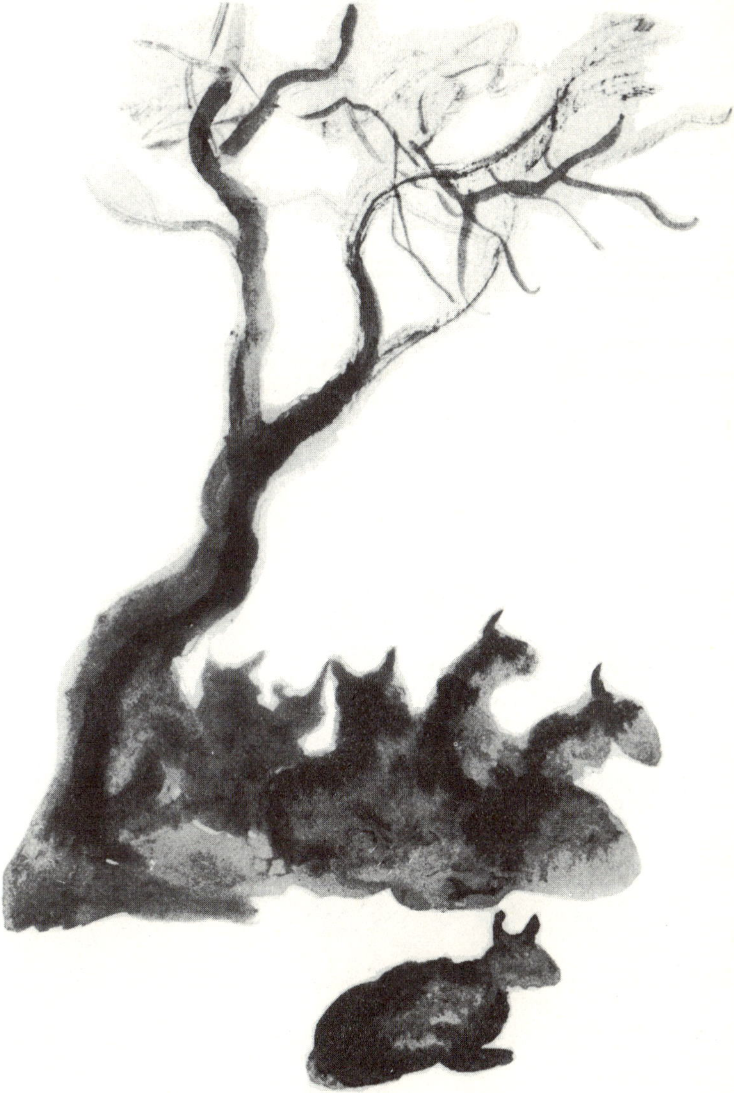

«Es posible que intente conversar», pensó, resuelta a fingir que no comprendía. Lo único que tendría que hacer, entonces, era sonreír y negar con la cabeza. En ese momento él dijo algo que ella, habiendo decidido que entre los dos no habría intercambio de palabras, no llegó a entender. Al instante volvió a oír su voz, con inflexiones interrogativas, y comprendió que había dicho: «*Tu n'as pas chaud?*» Sekou andaba más despacio; estaba esperando una respuesta.

«Al diablo con esto», pensó, y respondió a la pregunta, pero indirectamente. En vez de decir: «Sí, tengo calor», dijo:

—Hace calor.

Entonces él se detuvo y señaló, a la izquierda, un escondrijo improvisado entre rimeros de cajones, donde habían sido colocadas una mesa y dos sillas. Un gran cartel cubría todo el recinto, y formaba un atractivo espacio de sombra, que se hacía irresistible en cuanto uno consideraba la posibilidad de entrar a sentarse.

De manera obsesiva, sus pensamientos

volvían a su madre. ¿Cuál sería su reacción si pudiese ver a su única hija sentada al lado de un negro en este pequeño y oscuro refugio? «Si se aprovecha de ti, no olvides que te lo has buscado. Estás tentando a Dios. A esa gente no la puedes tratar como a tus iguales. No lo entienden.»

La bebida era Pepsi-Cola, sorprendentemente fría, pero demasiado dulce.

—Ah —dijo, agradecida.

El buen francés de Sekou hería su amor propio. ¿Será posible?, pensó con cierta indignación. El apreciar su propio francés entrecortado dificultaba la conversación. Aquellos momentos vacíos en que ninguno de los dos tenía nada que decir hacían el silencio más perceptible, y para ella, más embarazoso. Los sonidos de la calle —pasos en la arena, niños corriendo y de cuando en cuando el ladrido de un perro— eran amortiguados curiosamente por los rimeros de cajones y el cartel que los cubría. Era un pueblo muy callado, reflexionó. Desde que salieron de casa, no había oído el ruido de ningún automóvil, ni siquiera distante. Pero ahora, mientras tomaba conciencia del acto de escuchar, reconoció el desagradable bramar y ronronear de una motocicleta alternándose en la distancia.

Sekou se levantó y fue a pagar al propietario. Ella había tenido la intención de hacerlo, pero pensó que ahora sería inoportuno. Le dio las gracias. Luego volvieron a la calle; el aire estaba más caliente que nunca. Era el momento de preguntarse por qué había permitido que Tom la enviase a hacer este absurdo recado. Mejor hubiese sido, pensó, ir a la cocina a pedir a la cocinera que no le sirviera patatas fritas. La mujer parecía creer que las patatas, preparadas sea como fuere, hacían un plato suculento, pero las patatas que se conseguían aquí eran aceptables solamente, tal vez, en forma de puré. Ya se lo había dicho varias veces a Tom, pero él pensaba que hacer el puré le daría más trabajo a Yohara, y que era muy probable que no supiera hacerlo bien, de modo que el resultado sería algo menos apetitoso que lo que les servía ahora.

El ruido enloquecedor de la motocicleta, que recordaba el de una sirena, sonó en este momento bastante más cercano. «Viene hacia acá —pensó—. Ojalá estemos en el mercado antes que llegue.» Había venido una vez con Tom, y recordaba las galerías y los pilares. Ninguna motocicleta podría ir zumbando por allí.

—¿Dónde está el mercado? —preguntó de repente.

—Más adelante —le indicó Sekou.

Ahora el vehículo, semejante a un dragón, se había hecho visible, a distancia calle arriba, dando botes y levantando una nube de polvo que a veces parecía precederle. Aun desde tan lejos, podía ver a los peatones que salían disparados y se escabullían para abrirle paso.

El ruido se hacía increíblemente fuerte. Tuvo el impulso de taparse los oídos, como una niña. La cosa se acercaba. Venía directamente hacia ellos. Saltó a un lado del camino justo cuando el motociclista daba un frenazo para no golpear de lleno a Sekou. Él

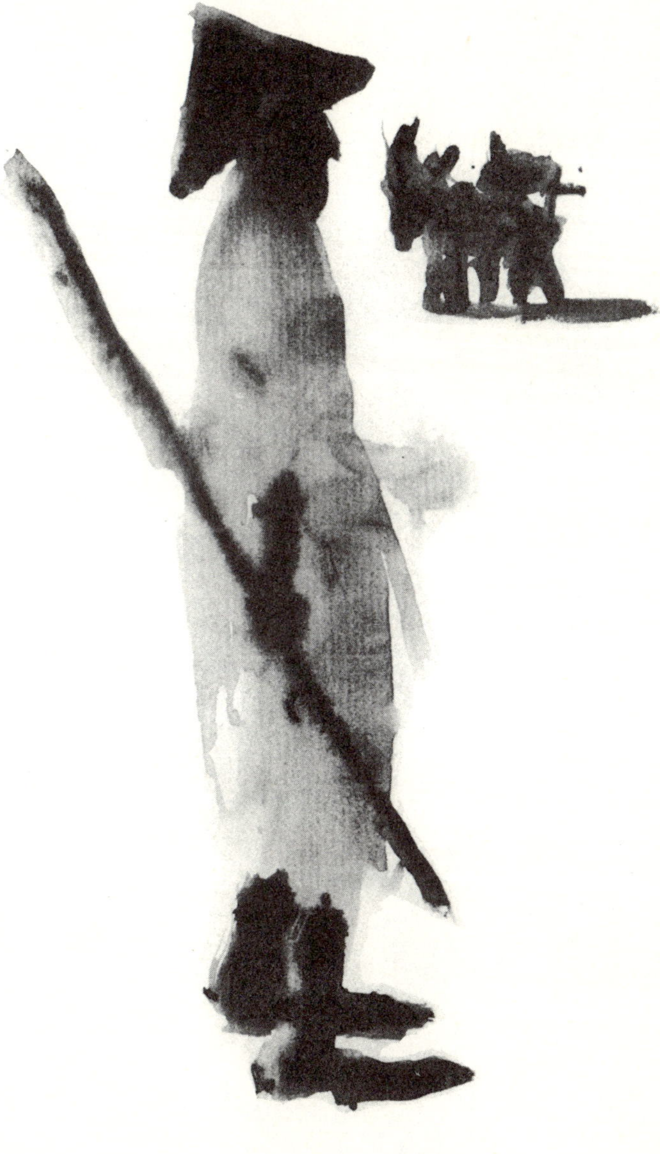

había rehusado esquivar el golpe. El vistoso vehículo estaba tumbado en el polvo, y cubría parcialmente los brazos y piernas de los motoristas. Dos jóvenes medio desnudos se levantaron con sus cascos rojos y amarillos en la mano. Mirando a Sekou airadamente, le gritaron. Su giro americano no la sorprendió.

—*You blind?*

—Eres un hijo de puta con suerte. Pudimos matarte.

Como Sekou no les escuchaba, sino que seguía andando, se pusieron insolentes.

—*A real downhome uppity nigger.*

Sekou, guardando perfecto aplomo, no les prestó atención.

Desde su lado del camino, Anita avanzó para hacerles frente.

—Es a mí a quien pudieron matar con ese artefacto detestable, si de eso se trata. Venían directamente hacia mí. Sembrar el pánico, así lo llaman, ¿no? ¿Se descargan asustando a la gente?

—Dispense el susto, señora. No es lo que teníamos en mente.

—Apuesto a que no. —El sobresalto se había convertido en indignación—. Apuesto a que lo que tenían en la mente era un gran cero. —No había oído la disculpa—. Han llegado muy lejos de casa, amigos, y van a meterse en problemas.

Una mirada salaz. «¿De veras?»

Sintió crecer la furia en sus adentros.

—¡De veras! —gritó—. ¡Problemas! Y espero presenciarlo.

Un momento más tarde, escupió: «Monstruos.»

Sekou, que no les había dirigido una sola mirada, se detuvo en ese momento y volvió la cabeza para ver si ella lo seguía. Cuando lo hubo alcanzado, sin mirarla de nuevo, comentó que todos los turistas eran ignorantes.

Al llegar a la tienda donde vendían películas, se extrañó de ver que quien atendía era una francesa de mediana edad. Si Anita no hubiera estado corta de aliento por el enojo y la emoción, le habría gustado conversar con esta mujer: preguntarle cuánto tiempo había vivido aquí, y qué clase de vida llevaba. No era el momento propicio para dar un paso así.

Camino de vuelta a casa, con el calor que aumentaba, la máquina infernal no se dejó ver ni sentir. Sekou cojeaba un poco, y Anita lo observó con interés. Notó que había sangre en la parte inferior de su manto blanco, y entonces se dio cuenta de que la motocicleta le había lastimado la pierna. Su apreciación pareció molestar a Sekou, y ella no se atrevió a pedir que le enseñara la herida, ni aun a mencionarla.

## IX

Durante la comida no quiso hablar del accidente.
—No quedaba muy lejos, ¿eh?
—Hacía calor —respondió.
—Se me ha ocurrido —dijo Tom más tarde—. Costaría poco comprar esta casa. Valdría la pena. No estaría mal venir aquí regularmente.
—¡Yo creo que sería una locura! —exclamó ella—. De verdad, no podrías vivir aquí. Es un camping incómodo, a lo más. De cualquier manera, toda propiedad que compres en un país del tercer mundo, es propiedad perdida. Ya lo sabes. Alquilar está bien. Así, cuando las cosas se desquician, tú estás libre.

Yohara estaba a su lado y le ofrecía cebollas con crema. Anita se sirvió.

—No siempre se desquician —dijo Tom.

—¡Vaya si no! —exclamó ella—. ¿En estos países? Es inevitable.

Un poco más tarde, continuó:

—En fin, haz lo que quieras. Supongo que no perderías gran cosa.

Estaban comiendo la fruta, cuando Anita recordó: «Anoche soñé con nuestra madre.»

—¿Ah sí? —dijo Tom indiferentemente—. ¿Qué hacía?

—Oh, ni siquiera lo recuerdo. Pero al despertar me puse a pensar en ella. No tenía ningún sentido del humor, es cierto, y sin embargo podía ser muy divertida. Recuerdo una noche en que daba una cena bastante elegante, y de pronto se volvió hacia ti para decirte: «¿Cuántos años tienes, Tom?» Y tú respondistes: «Veintiséis.» Aguardó un momento y dijo: «A tu edad Guillermo el Taciturno había conquistado media Europa.» Y lo dijo con tal tono de disgusto, que todos los comensales rompieron a reír. ¿Te acuerdas? A mí todavía me parece divertido, aunque estoy segura de que no era ésa su intención.

—Yo no estaría tan seguro. Creo que buscaba los aplausos de la galería. No podía reírse, naturalmente. Es demasiado digna. Pero sí se rebajaba a hacer reír a los otros.

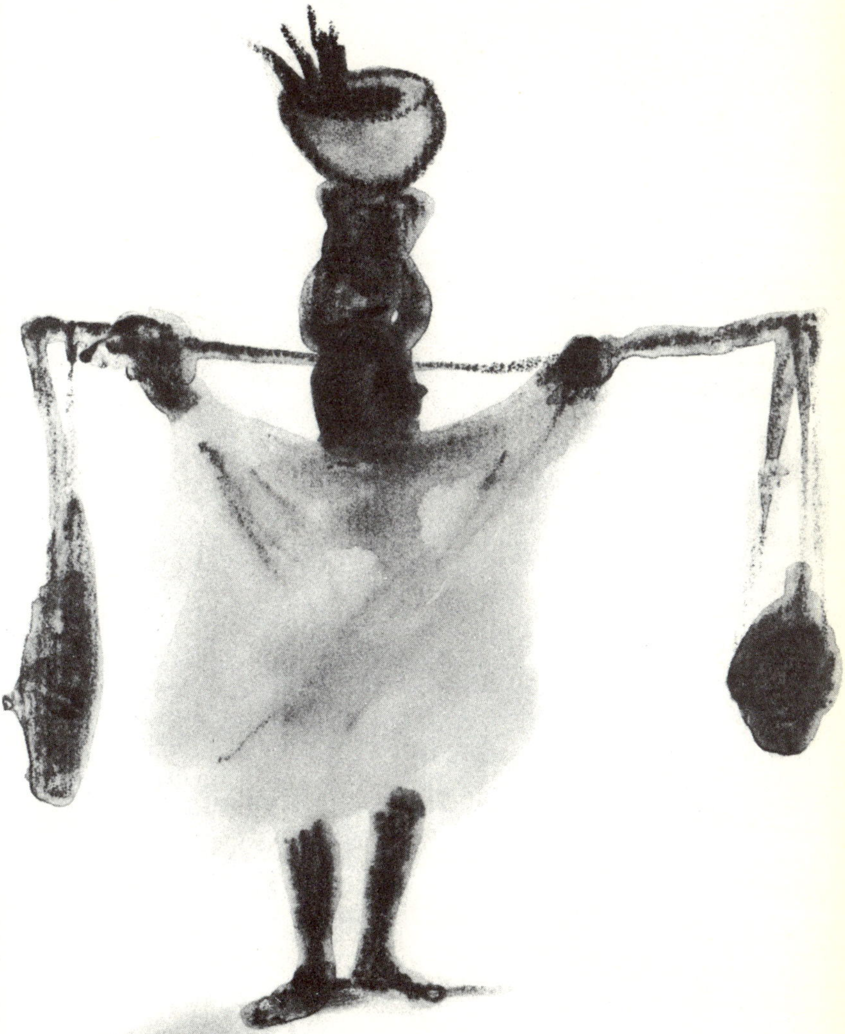

## X

Otro día, estaban sentados tomando el desayuno en el cuarto de Tom. La cocinera acababa de llevarles más tostadas.

—Me gustaría visitar el pueblo vecino, que está unas cuantas millas río abajo —dijo Tom, indicando a la cocinera que aguardara—. ¿Qué dices? Podría alquilar el viejo camión de Bessier. ¿Qué te parece?

—Me apunto —dijo ella—. El camino es recto y plano, ¿no?

—No nos perderemos, ni vamos a quedarnos atascados en la arena.

—¿Hay algo en especial que quieras ver?

—Necesito solamente ver otro lugar. El menor cambio me da toda clase de ideas nuevas.

Acordaron que irían al día siguiente. Tom pidió a Yohara que les preparase una *casse-croûte*, y ella se alborotó al enterarse de que irían a Gargouna. Su hermana vivía allí —dijo—, y le dio a Tom las señas de su casa con algunos mensajes que esperaba que le pudieran llevar.

El camioncito no tenía cabina. La brisa, generada por ellos, los refrescaba. Era estimulante ir por la orilla del río con el aire matinal. El camino era completamente llano, sin baches ni obstáculos.

—Ahora está suave —dijo Tom—, pero a la vuelta será distinto, sin nada que nos proteja del sol.

—Tenemos nuestros salacots —le recordó ella, mirando sus respectivos cascos en el asiento entre los dos. Llevaba unos potentes prismáticos, comprados en Kobe un año atrás, y, a pesar del movimiento, los mantenía apuntados al río, donde pescaban los hombres y las mujeres se bañaban.

—Es bonito, ¿no? —dijo Tom.

—Sin duda lo es mucho más con los cuerpos negros que si fueran todos blancos.

Su entusiasmo era moderado, pero Tom parecía estar contento. Esperaba con ilusión que ella apreciara el valle del Níger. Pero ahora mismo estaba atento a no pasarse, a la izquierda, el camino de Gargouna. «Cincuenta kilómetros, más o menos», dijo en voz baja. Y luego: «Aquí es, pero no pienso meterme en la arena.» Detuvo el camión y apagó el motor. El silencio era agobiante. Permanecieron en sus asientos sin moverse. De cuando en cuando llegaba un grito desde el río; pero el páramo abierto y espacioso hacía que las voces sonaran como gritos de pájaros.

—Uno de los dos tendrá que quedarse aquí, y ésa serás tú. —Tom se apeó de un salto—. Quiero encontrar el pueblo de la hermana de Yohara. Iré a pie. Tardaré unos diez minutos, o un poco más. Estarás bien aquí en el camión, ¿no?

No habían visto otro vehículo en todo el trayecto.

—Lo has dejado en medio del camino —dijo ella.

—Lo sé, pero si lo muevo a la derecha, me meteré en la arena, y eso es exactamente lo que no quiero. Si estás inquieta, baja a dar una vuelta.

No tenía miedo, pero estaba nerviosa. Tom podría haber traído en esta ocasión a uno de los varios hombres que se pasaban todo el día sin hacer nada en la cocina. De pronto, cayó en la cuenta de que no había visto a Sekou desde el día del accidente, y luego se preguntó cuán grave habría sido la herida de su pierna, o de su pie. Pensando en él, bajó del camión y comenzó a andar por el camino que Tom había seguido. No se lo veía adelante, porque el terreno consistía en dunas bajas, con matojos de espinos aquí y allá. Se preguntó por qué el cielo de este lugar no podía ser verdaderamente azul, por qué, en cambio, siempre tenía un tinte gris.

Pensando que alcanzaría a ver Gargouna, subió hasta la cima de una colina de arena,

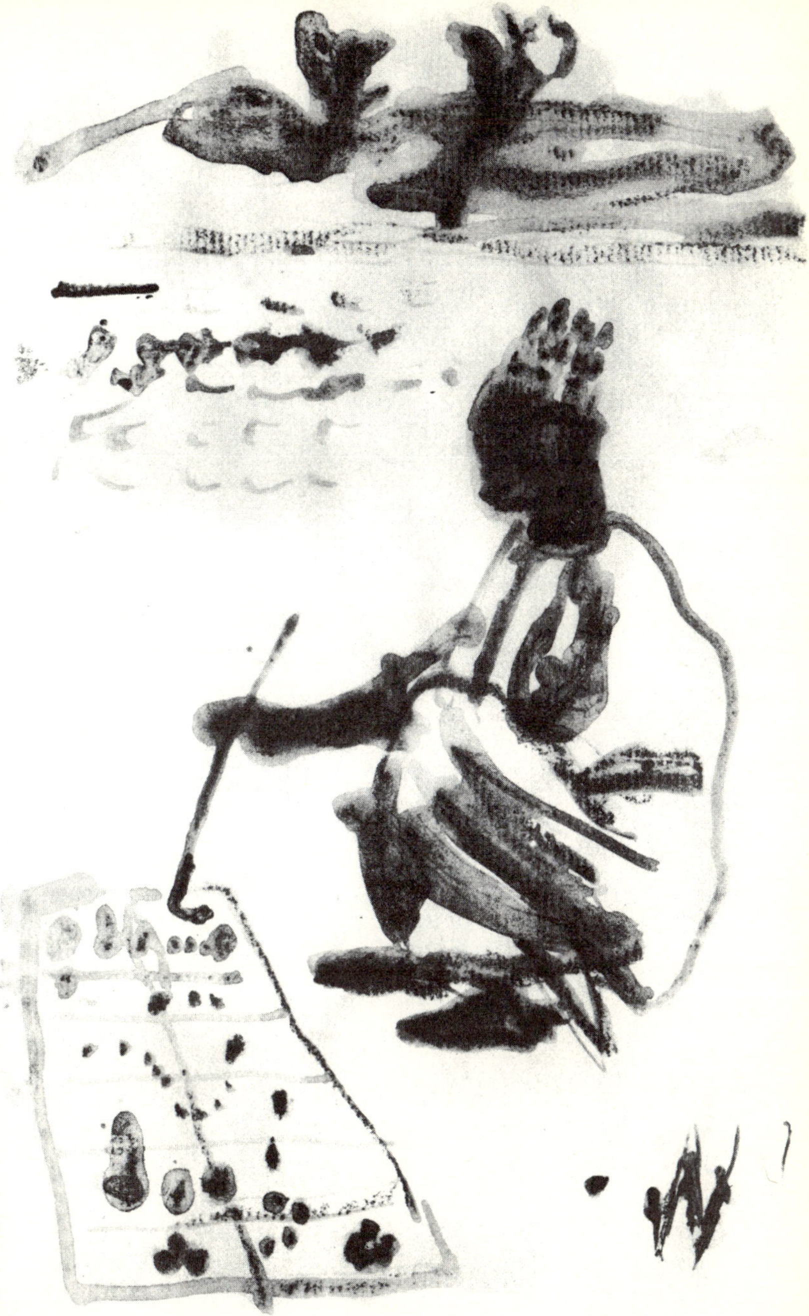

pero sólo logró ver matorrales un poco más altos. Tenía vivos deseos de ver el caserío; podía imaginarlo: un grupo de chozas circulares bastante apartadas unas de otras, cada una con su espacio despejado alrededor, donde los pollos picaban en la arena. Torció a la derecha, hacia donde las dunas se hacían más altas, y siguió un sendero impreciso que las circundaba. Había pequeños valles entre las dunas, algunos de ellos muy profundos. Las crestas de las dunas parecían correr todas paralelas, de modo que era difícil pasar de una a otra sin descender para luego volver a subir. Un poco más adelante había una duna que dominaba las otras, y desde la cual —Anita estaba segura— se podría divisar el camión que aguardaba en el camino. Llegó a lo alto de la duna y se detuvo, casi sin aliento. Con los prismáticos, comprobó que el camión seguía allí. A la izquierda, en la lejanía, se veía un grupo de árboles sin hojas. Supuso que el caserío estaba por aquel lado. Entonces, mientras examinaba una depresión entre dos dunas, percibió algo que aceleró sus latidos: una absurda escultura de esmalte bermellón y metal cromado. Había un cantizal allá abajo; la moto había patinado, lanzando así contra las rocas a los torsos tostados por el sol. El artefacto estaba retorcido de manera grotesca, y los dos cuerpos entreverados estaban salpicados uniformemente con sangre. No estaban en condiciones de pedir auxilio. Yacían inmóviles en el declive, invisibles a quien no estuviera exactamente donde ella estaba. Dio media vuelta y bajó corriendo por el costado de la duna. «Monstruos», dijo en voz baja, pero sin indignación.

Estaba sentada en el camión cuando Tom regresó.

—¿Has encontrado a la hermana de Yohara?

—Sí, sí. Es una aldea diminuta. Todo el mundo se conoce, desde luego. Vamos a comer. ¿Aquí, o en la orilla?

El corazón seguía latiéndole de prisa y con fuerza. Dijo:

—Vamos al río. Tal vez allí habrá un poco

de brisa. —La sorprendió ahora el recordar la sensación de gozo que le había producido el ver los restos de la motocicleta. Aún le era posible provocarse el pequeño escalofrío de placer que la había atravesado en aquel instante. Mientras caminaban por la orilla del río, dio gracias de nuevo por no haber contado a Tom nada acerca del incidente con los dos norteamericanos.

## XI

—¿Duermes mejor últimamente? —le preguntó Tom.
Vaciló en responder.
—En realidad, no.
—¿Cómo es eso, en realidad?
—Tengo un problema —suspiró.
—¿Un problema?
—Oh, más vale que te lo diga.
—Desde luego.
—Tom, creo que Sekou viene a mi cuarto por la noche.
—¿Qué? —exclamó él—. Estás loca. ¿Qué quieres decir, que va a tu cuarto?
—Eso, justamente.
—¿Qué hace? ¿Te dice algo?

—No, no. Se queda de pie junto a mi cama en la oscuridad.

—Eso es un disparate.

—Lo sé.

—¿Has logrado verlo?

—¿Cómo podría? No se ve nada.

—Tienes una linterna.

—Oh, eso me aterra más que nada. La idea de llegar a verlo. Quién sabe lo que haría entonces, si supiera que lo he visto.

—No es ningún criminal. Por Dios, ¿qué es lo que tanto te inquieta? Aquí corres menos peligro que en cualquier lugar de Nueva York.

—De acuerdo —dijo ella—. Pero no se trata de eso.

—¿Pues de qué se trata? Crees que Sekou viene y se queda junto a tu cama. ¿Por qué crees que lo hace?

—Eso es lo peor. No podría decirlo. Me da tanto miedo.

—¿Por qué? ¿Crees que piensa violarte?

—¡Pero, no! Nada de eso. Lo que siento

es que quiere hacerme soñar. Quiere hacerme soñar un sueño que no soporto.

—¿Sueñas con él?

—No. Él ni siquiera aparece en el sueño.

Tom estaba exasperado.

—Pero qué es esto. ¿De qué estamos hablando, en resumidas cuentas? Dices que Sekou quiere que tengas un sueño, y lo tienes. Y entonces viene a la noche siguiente, y temes volver a tenerlo. ¿Por qué crees que lo hace? ¿Qué interés podría tener en hacerlo?

—No lo sé. Eso me da más horror. Sé que te parezco ridícula. O que piensas que es sólo mi imaginación.

—No, no he dicho eso. Pero si no has podido ver a Sekou, ¿cómo sabes que es él, y no otra persona?

Más tarde, el mismo día, Tom le dijo:

—Anita, ¿estás tomando vitaminas?

Ella se rió.

—Dios mío, sí. El doctor Kirk me las dio de todas clases. Vitaminas y minerales. Me dijo que probablemente este suelo sería pobre en sales minerales. Oh, debes de pensar

que la causa de mis sueños es algún trastorno químico. Es posible. Pero no es el sueño en sí lo que me asusta. Aunque es demasiado repulsivo para contarlo, por Dios.

—¿Es sexual? —interrumpió Tom.

—Si lo fuera —dijo Anita—, sería mucho más fácil describirlo. Lo que pasa es que *no puedo* describirlo. —Sintió un escalofrío—. Es demasiado complicado. Y pensar en él me pone enferma.

—Si quieres, seré tu analista. ¿Qué ocurre durante el sueño?

—Nada. Sólo sé que algo horrible va a ocurrir. Pero te digo que no es el sueño lo que me molesta, sino el saber que alguien me obliga a tenerlo, el saber que ese negro está allí, inventándolo y metiéndome en él a la fuerza. Es demasiado.

## XII

Un cartel de madera clavado por encima de una puerta, con las palabras *Yindall & Fambers, Boticarios* pintadas en él. Dentro, un mostrador, y detrás del mostrador, un joven atlético. A primera vista, parece desnudo, pero viste un pantalón corto rojo y azul. En vez de decir: «Hola, soy Bud», dice: «Soy el señor Yindall. ¿En qué puedo servirle?» La voz es seca y gris.

«Quisiera un frasco de jarabe de bromuro y una caja de tabletas de Olmo blanco.»

«En seguida.» Pero en su cara hay algo que no está bien. Se da la vuelta para entrar en la habitación trasera, se detiene. «No busca al señor Yindall, ¿eh?»

«Pero me ha dicho que usted era el señor Yindall.»

«A veces se confunde. Por regla general no recibe a nadie.»

«No he dicho que quisiera verlo.»

«Pero quiere.» Alarga el brazo sobre el mostrador, y aprieta con una mano de acero. «Nos espera en el sótano. Fambers al habla.»

«No quiero ver al señor Yindall, gracias.»

«Ha hablado tarde.»

El mostrador tiene bisagras. Levanta la hoja para abrir paso, sin dejar de apretar con la mano de acero.

Protestas durante el trayecto a la bodega. Contra una pared, un trono de metal cromado brilla a la luz de potentes reflectores. De los hombros de un tronco masculino, brotan dos piernas de fuertes muslos, y las piernas están dobladas. Entre los muslos, un grueso cuello del cual ha sido cercenada la cabeza. Los brazos, ligados a las caderas, cuelgan relajadamente, y los dedos sufren contracciones.

«Le presento al señor Fambers. No puede verla, desde luego. Fue necesario quitarle la cabeza. Era un estorbo. Pero el cuello ha sido rellenado con un protoplasma sumamente sensitivo. Dándole un mordisco, por pequeño que sea, se establece instantáneamente la comunicación. Acérquese y ponga la boca en el cuello.»

La mano de acero dispone. La sustancia en el interior del cuello causa la impresión de pan mojado, y su ligero olor sulfúreo recuerda el de los nabos.

«Empuje con la lengua. No se atragante.»

Cuando la lengua hace presión, la sustancia en el cuello comienza a palpitar, burbujea, y un líquido caliente rebosa y se desparrama.

«Sólo es sangre. Creo que debería permanecer un rato aquí.»

«¡No, no, no, no!» Se revuelca en su vómito por el suelo.

«¡No, no, no!» Quiere limpiarse la sangre de los labios y la cara.

Cae, cae, con la sangre, con el vómito, a

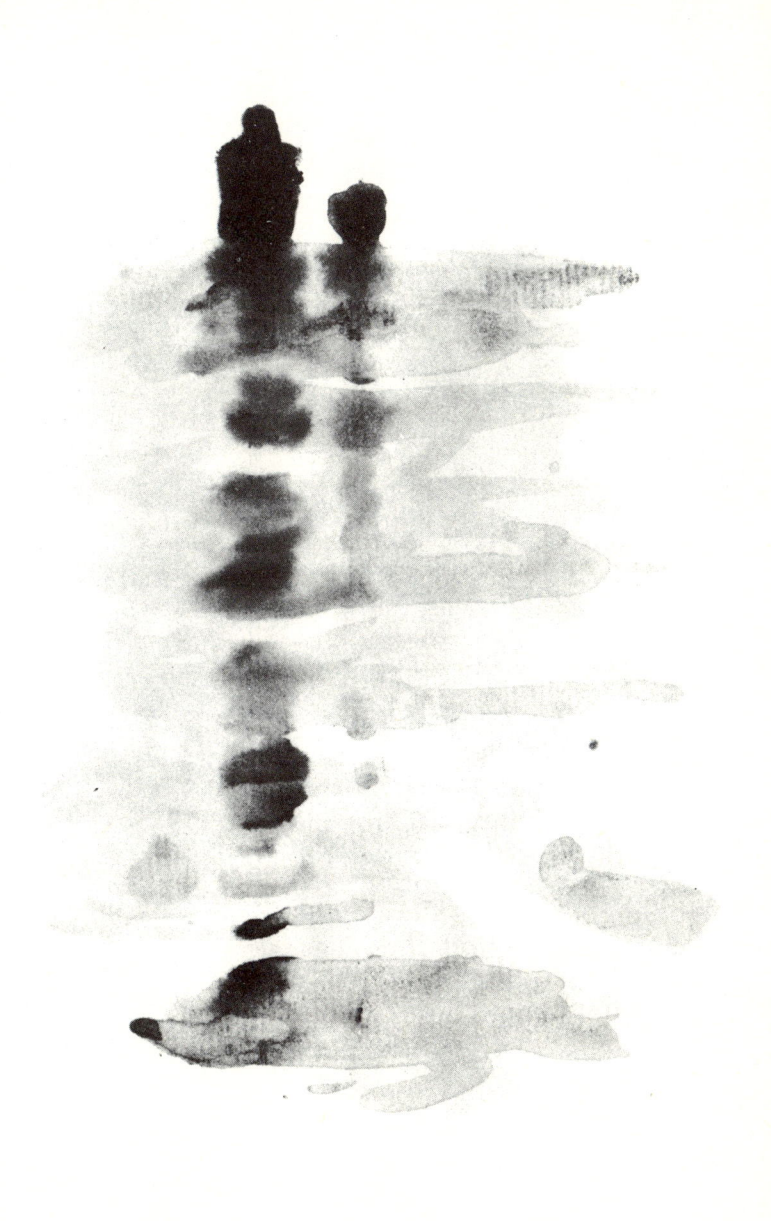

un suelo acolchado con plumas. Sólo se aspira el hedor de nabos en un agujero sin aire. Entonces, ahogándose, después de haber sido asfixiada, subió del fondo y respiró profundamente el aire negro a su alrededor, asqueada por la naturaleza de su sueño, segura de que se repetiría, aterrada sobre todo por la idea de que las órdenes que regían este fenómeno viniesen de fuera, de otra mente. Esto era inaceptable.

## XIII

El razonamiento de Anita le parecía erróneo a Tom.

—Has tenido una pesadilla, y desde luego, por eso no debes preocuparte. Pero que te obsesiones pensando que Sekou, o quien sea, guía tus sueños, es pura paranoia. No tienes en qué basarte. ¿No lo ves?

—Puedo ver que *tú* crees eso, sí.

—Estoy convencido de que si contaras el sueño, sin guardarte nada, dejaría de molestarte.

—De sólo pensarlo me dan ganas de vomitar.

La fuerte llama de la lámpara de gas que ardía en el suelo entre los dos hizo que Anita exclamara:

—Es demasiado brillante, demasiado ruidosa y demasiado caliente.

—Si la pongo más baja, no veremos nada.

Un poco más tarde, ella dijo:

—Estas legumbres son realmente malas. No te comprendo. No pintas prácticamente nada más que comida, y sin embargo no te importa qué comes.

—¿Cómo que no? Me importa mucho. No me quejo, si es eso lo que esperas. Estas legumbres son todo lo que hay, a menos que quieras conservas francesas, lo que, conociéndote, no creo. Me parece milagroso que consigan cultivar esto en la arena.

De pronto Yohara estaba en la habitación. Anunció el próximo plato.

—No la oí subir, ¿y tú?

Anita dio un resoplido.

—Con esa lámpara, no oirías un elefante.

—No, pero aun sin la lámpara, ¿no te has dado cuenta de que en esta casa nunca se oyen ruidos de pasos?

Ella se rió.

—Demasiada cuenta me doy. Eso es parte de lo que me molesta por la noche. No he oído ningún sonido en mi cuarto durante la noche. Cuanta gente quisiera podría entrar, que yo no me enteraría.

Tom no dijo nada; era evidente que pensaba en otra cosa. Estuvieron algunos minutos en silencio. Cuando ella comenzó a hablar de nuevo, su voz dio a entender que había estado cavilando.

—¿Tom, has oído hablar de algo llamado olmo viscoso?

Él irguió la cabeza.

—Claro. La abuela le tenía fe ciega para el dolor de garganta. Venía en tabletas, como pastillas para la tos. Recuerdo el disgusto que se llevó cuando dejaron de venderlo. Dudo que hoy pueda conseguirse olmo viscoso en ninguna forma.

La miró furtivamente, sospechando que ésta era su manera tortuosa de tratar el material del sueño. Aguardó.

La próxima pregunta le pareció cómica:

—¿No es bromuro lo que ponen en la comida de los presos?

—Eso era antes; no sé si todavía lo harán. ¿Qué quieres hacer, un compendio de conocimientos inútiles?

—No, tenía mis dudas simplemente.

Tom acomodó los cojines para estirarse.

—¿Quires que te diga quién es Sekou? —le preguntó.

—¿Cómo, quién es?

—Quién es Sekou para ti. Creo que es nuestra madre.

—¡Qué! —gritó, muy fuerte.

—Hablo en serio. Recuerdo que ella solía venir a mi cuarto, a oscuras, y se quedaba sin hacer nada junto a mi cama. Y siempre me daba miedo que se diera cuenta de que estaba despierto. De modo que tenía que respirar con calma, sin mover un músculo. Y lo mismo hacía contigo. Yo la oía cuando iba a tu cuarto. ¿No la viste nunca al lado de tu cama, quieta como una estatua?

—No lo recuerdo. Es una idea algo absurda darle el papel de madre a un negro africano.

—Ahora mismo lo estás viendo desde fuera. Pero apostaría a que tu sueño tiene que ver con algún sentimiento de culpa. ¿Y quién te hace sentirte culpable siempre? Nuestra madre, toda la vida.

—No soy freudiana —dijo ella—. Pero incluso reconociendo, aunque estoy lejos de hacerlo, que el sueño provenga de un sentimiento de culpa, y que recuerdo a mi madre de cuando era niña, eso no explica por qué le he dado a Sekou ese papel. ¿Tienes alguna teoría al respecto?

—Una muy buena. No existe ninguna conexión entre el contenido del sueño y el motivo por el que crees tenerlo. Intenta introducir a Sekou en el sueño cuando le des más vueltas, y mira cómo reacciona.

—Nunca le doy vueltas. Bastante malo es tenerlo, sin entretenerme pensando en él cuando estoy despierta.

—Bueno, Nita, lo único que puedo de-

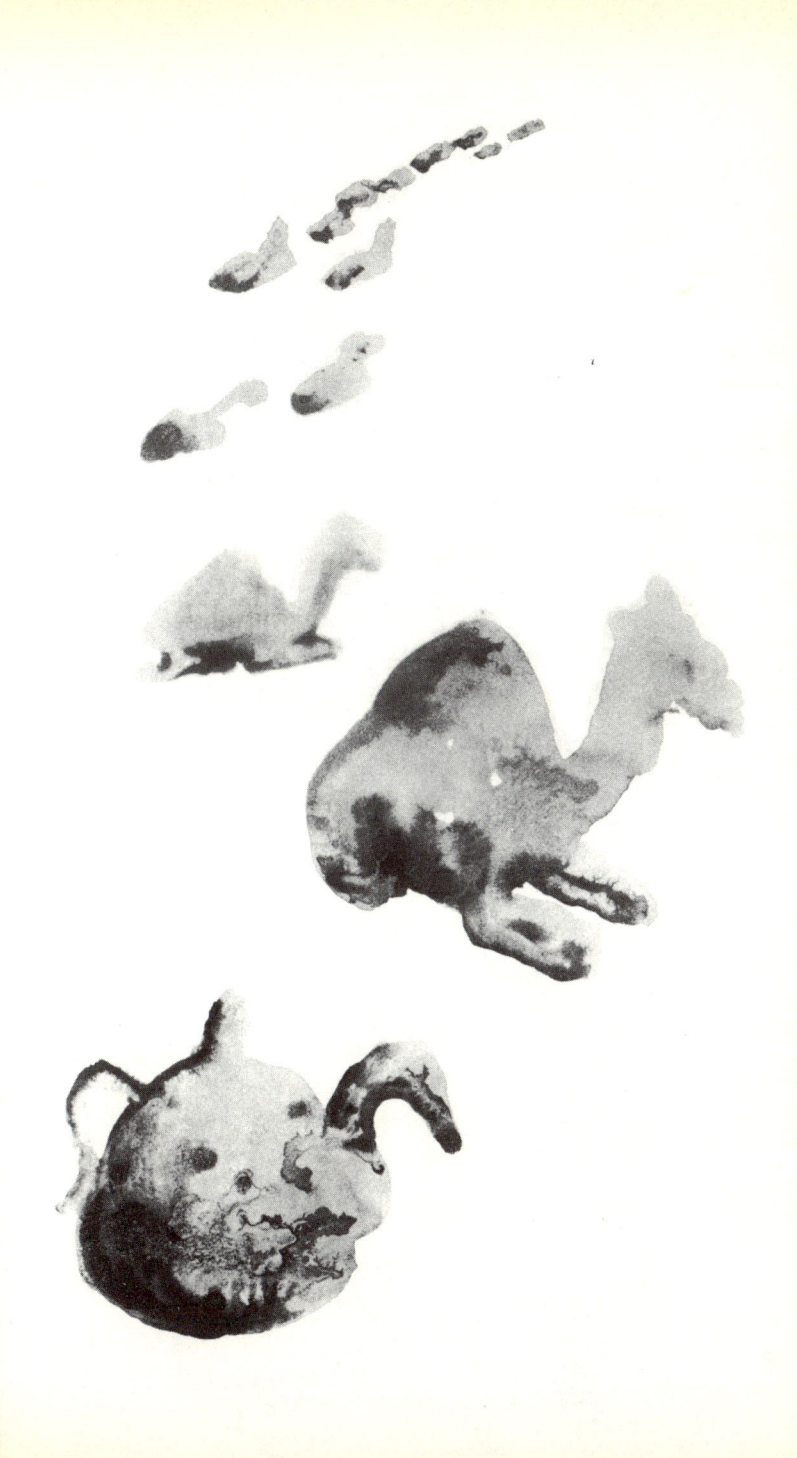

cirte es que no dejará de molestarte hasta que lo desmontes y lo examines con cuidado.

—El día que decida de qué soy culpable, te lo diré.

## XIV

En el pueblo todo el mundo conocía a madame Massot. Ella y su esposo habían vivido allí cuando los franceses gobernaban la región. Más tarde, llegada la Independencia, cuando madame Massot no había cumplido aún los veinte años, su esposo había muerto, dejándole un estudio fotográfico y poca cosa más. Tenía un cuarto oscuro, y había aprendido a revelar películas y a obtener positivas. El monopolio de este negocio no era tan lucrativo aquí como hubiera podido serlo en otro sitio, pues la demanda era muy poca. Últimamente, el número de jóvenes con cámaras fotográficas había crecido, de modo que ahora, además de dedicarse a revelar negativos, también vendía películas. Algunos jóvenes nativos que habían vivido en Europa intentaban persuadirla repetidamente para que los surtiera de videocasetes, pero ella explicaba que no tenía dinero para esa clase de inversión.

A la muerte de monsieur Massot, había considerado brevemente la idea de volver a Francia, pero no tardó en decidir que no era eso lo que quería hacer en realidad. La vida en Montpellier sería mucho más cara, y no sabía con seguridad si iba a encontrar un lugar adecuado para vivir, con una habitación de más para usarla como cuarto oscuro.

Únicamente un corrillo de gente blanca había calificado de extraño el que quisiera quedarse sola en una ciudad de negros. En cuanto a ella, desde su llegada inmediatamente después de casarse, los negros le parecían gente simpática, amable, generosa y bien dispuesta. La sola falta que les encontraba era la tendencia a no preocuparse por el tiempo. A menudo era como si no supieran ni qué hora ni qué día era. Los ciudadanos más jóvenes eran conscientes de que los europeos juzgaban esto como un defecto de sus compatriotas, y hacían todo lo posible por ser puntuales cuando trataban con extranjeros. Aunque madame Massot mantenía relaciones cordiales con los demás habitantes franceses, sus amistades personales las había hecho entre las familias de la burguesía indígena. No había aprendido ninguna de las lenguas de la tierra, pero estas gentes hablaban un francés pasable, y sus hijos habían llegado a dominar el idioma. En raras ocasiones deseaba estar en Francia, y esto era sólo fugazmente. El clima aquí era placentero, si a una no le disgustaba el calor, como a ella, a quien además, siendo asmática, le resultaba ideal. Los europeos le causaban sorpresa continuamente, al suponer que este pueblo tenía que ser sucio e insalubre, y muy probablemente ella los sorprendía a ellos al sostener que sus calles estaban más limpias y exentas de olores desagradables que las de cualquier ciudad europea. Sabía cómo vivir en el desierto, y lograba mantenerse en excelente forma durante todo el año. Los meses difíciles eran mayo y junio, cuando apretaba el calor y el viento la cubría a una de arena si salía de casa; y julio y agosto, cuando llovía y el aire estaba húmedo y le hacía recordar que, de niña, había padecido del asma.

Antes de la llegada de Anita, Tom y madame Massot habían entablado amistad, principalmente, según él, porque ella había trabajado un año en una pequeña galería de la rue Vignon, y, como era una persona muy despierta, se había imbuido de conocimientos sobre la pintura, conocimientos que no había olvidado. Todavía era capaz de hablar de las vidas privadas de varios pintores de la época, y de discutir acerca de los precios pagados por sus lienzos, y a Tom esto le atraía. El año que madame Massot estuvo en París había hecho posible una especie de comadreo entre los dos. Ahora, se le ocurrió invitarla a comer una vez más. Ésta era siempre una empresa arriesgada, pues ella era una consumada cocinera, especialmente de platos regionales a base de ingredientes nativos. A diferencia de muchos autodidactas, no era contraria a compartir sus descubrimientos con quienes tuvieran tanto interés como ella en la cocina. Con su estímulo, Tom había aprendido a preparar satisfactoriamente dos o tres platos.

—La invitaré a almorzar el lunes —le dijo a Anita—. Y me harías de nuevo un gran favor si vas a su tienda a invitarla. Puedes comprar más películas al mismo tiempo. Ya sabes cómo ir, así que no necesitas que nadie vaya contigo. ¿No te importa? Yo perdería una mañana de trabajo si fuera.

—No me importa. Pero creo que un poco de ejercicio no te caería mal.

—Corro por la playa antes del desayuno. Lo sabes. No necesito más. Entonces, le dices a madame Massot que la esperamos el lunes a comer, ¿eh? Habla inglés.

—Te olvidas de que me especialicé en francés.

No tenía ganas de caminar por el pueblo, pero se levantó diciendo:

GAO
22 MAI

—Pues, voy ahora que el calor no ha alcanzado todavía el punto crítico.

Pasó por el puesto donde se habían sentado ella y Sekou a beber refrescos, y lo encontró cerrado. No había tenido deseos de hacerle este favor a Tom porque estaba convencida, supersticiosamente de que el encuentro con los dos salvajes norteamericanos podía repetirse. Incluso estuvo atenta a oír, en la lejanía, el detestable ruido de la motocicleta. Cuando llegó al mercado, estaba persuadida de que ambos habían dejado el pueblo por un lugar distinto, donde podrían aterrorizar a un nuevo grupo de aborígenes, puesto que sin duda los de aquí se habían acostumbrado a su presencia.

Madame Massot pareció encantada con la invitación.

—¿Cómo está Tom? —dijo—. Usted vino a la tienda el otro día, pero a él hace mucho tiempo que no lo veo.

De vuelta en casa, Anita subió a la azotea, donde Tom estaba trabajando.

—Vendrá el lunes. ¿Crees que es lesbiana?

Tom exclamó:

—¡Hombre! Yo qué sé. No se lo he preguntado. ¿De dónde sacaste la idea?

—Quién sabe, se me ocurrió mientras hablábamos. Es tan seria...

—Me extrañaría si lo fuera.

Hacía algún tiempo que el aire estaba cargado de polvo, y de día en día parecía cargarse más. Por lo visto, la buena educación quería que se lo llamara arena —o al menos eso decía Tom, aunque estuviese de acuerdo con ella en que, si era arena, era arena pulverizada, es decir, polvo—. El polvo era ineludible. En algunos de los cuartos de abajo lo había menos, pero las puertas no podían cerrarse realmente, y el polvo era impelido por un viento constante que lo llevaba hasta los más reducidos espacios.

## XV

Al llegar el lunes, el polvo oscurecía tanto el aire que las figuras en la calle apenas se veían desde la azotea. Tom resolvió que tendrían que encerrarse a comer en una de las habitaciones inferiores.

—Tendremos claustrofobia —dijo—, ¿pero qué le vamos a hacer?

—Yo sé qué podríamos hacer —replicó Anita—. No hoy, de todos modos, pero pronto: irnos de aquí. Piensa en nuestros pulmones. Es como estar viviendo en una mina de carbón. Además, las lluvias no tardarán en comenzar. ¿Y qué tendremos entonces? Fangópolis. Siempre has dicho que esto es inhabitable la mitad del año.

Madame Massot fue conducida a la azotea por una criada de cocina, quien alumbraba el camino por la penumbra con una candela medio derretida. Madame Massot traía una caja como de zapatos que entregó inmediatamente a Tom.

—Las hierbas que le había prometido —dijo—. Aunque ya es un poco tarde para dárselas.

Tom abrió la caja. El interior estaba dividido en tres pequeños compartimientos, los tres llenos de tierra negra, de la que brotaban hebras y plumillas verdes.

—Orégano, mejorana y estragón —dijo madame Massot, señalándolas—. Pero debe mantener tapada la caja hasta la estación que viene. Las plantas se resienten con la arena.

—Me encanta —declaró Anita—. Es como un huerto portátil.

—Yo mantengo todas mis hierbas dentro de casa y cubiertas.

—Debimos hacer esta cita hace dos semanas —dijo Tom—. Me disgusta mucho pensar que ha tenido que venir andando con este tiempo infernal. ¿Cómo es que ha llegado hasta aquí con ese aspecto tan fresco, tan elegante y tan chic?

Eso era exactamente lo que Anita había estado preguntándose. Madame Massot estaba vestida de manera impecable con un traje caqui, diseñado sin duda para ser usado en el desierto, pero que no hubiera sido menos elegante en la rue du Faubourg Saint Honoré.

—Ah —dijo, quitándose el turbante de la cabeza y sacudiéndolo—, el secreto es que monsieur Bessier me recogió en su camión por el mercado, y me trajo aquí directamente. De modo que fue cuestión de dos minutos, en vez de cuarenta.

—¡Qué modelo más fantástico! —exclamó Anita con entusiasmo, y alargó el brazo para tocar el doblez—. ¿No le importa?

Madame Massot se llevó las manos a la nuca para facilitar la inspección.

—En realidad, es una adaptación de zaragüelles saharianos combinados con el bubú local —explicó—. Es invención mía.

—Es realmente perfecto —le dijo Anita—. Pero la tela no la consiguió aquí.

—No, no. La compré en París, y lo mandé hacer allá. No soy buena costurera. Pero el modelo es tan sencillo que estoy segura de que un sastre local podría copiarlo fácilmente. El truco está en el corte al bies, que hace que la chaqueta parezca unida al pantalón y que las dos piezas queden alineadas, sin costuras, desde los hombros hasta los tobillos.

—Es el color acertado para el día —le dijo Tom.

—Este tiempo no me molesta —dijo ella—. Es el precio que tenemos que pagar por los demás meses del año. Es muy desagradable, pero yo lo tomo como un reto. No quiere decir que a menudo no me escape a Francia por estos días, porque lo hago. Mi hermano tiene una finca cerca de Narbona. El verano en Provenza es delicioso. Pero bueno, he venido ante todo para ver sus cuadros.

—Sí. —Tom no parecía contento—. Lástima que no podrá verlos con luz natural.

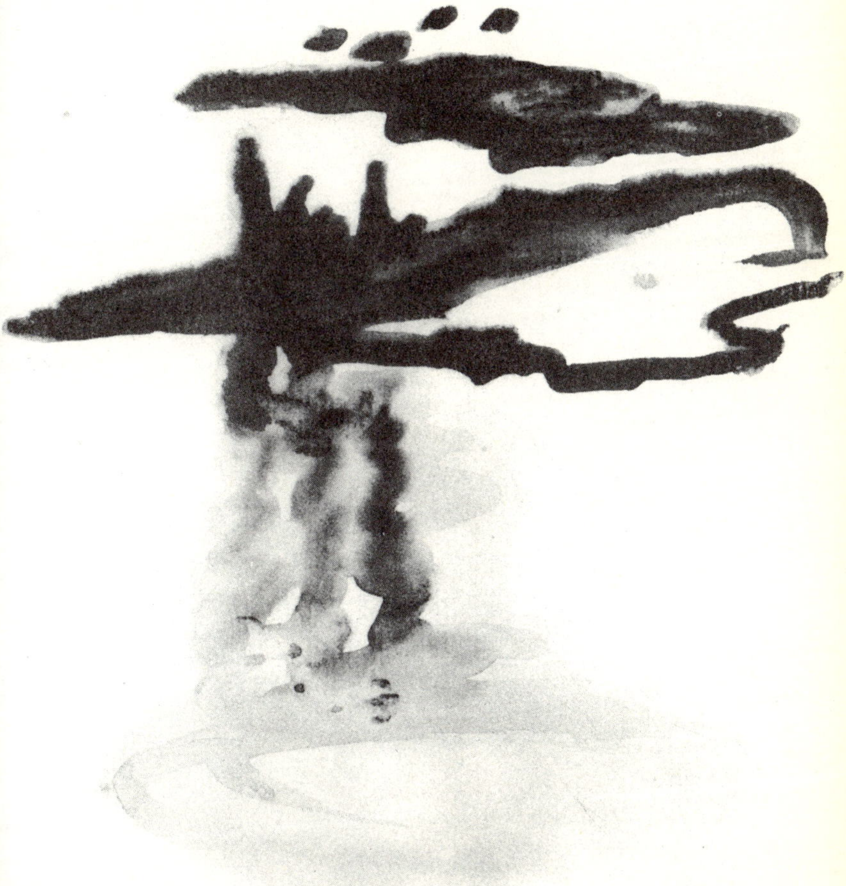

Tiene que ser abajo, con la lámpara de gas. No puedo traerlos aquí arriba con este polvo y esta arena.

Yohara anunció la comida, y la misma criada de cocina los guió con su candela en alto por la negra escalera.

—Es en verdad una pena que tengamos que comer aquí abajo —comentó Anita—. En la terraza, bajo el toldo, hubiera sido mucho más agradable. Pero desde luego, no hay nada que hacer.

Mientras comían, madame Massot preguntó de repente:

—¿Quién es responsable de esta deliciosa comida, monsieur? ¿Usted?

—Me temo que no. Ha sido Yohara.

—Tiene mucha suerte de haber conseguido a esa mujer. En cuanto ustedes se vayan, trataré de tomarla.

—Pero no la necesita. Usted puede preparar los platos que quiera sin ayuda.

—Sí, siempre que no me importe pasarme el día entero en la cocina. Además, la comida que una misma ha cocinado es menos gustosa.

—Supongo que estará encantada de pasar directamente de un empleo a otro —dijo Tom.

—Oh, nunca se sabe con esta gente. No son codiciosos. No son ambiciosos. Lo que más parece importarles es el trato con el patrón. Puede ser alguien en extremo severo, o muy informal. Si les cae bien, les cae bien. Este plato está exquisito —continuó—. Sé cómo se hace, pero hasta ahora no me ha salido bien.

—¿Y *cómo* se hace? —preguntó Tom.

—A base de unos pastelillos de mijo. La salsa de caramelo no es problema, pero la crema que va encima es un poco complicada. Es carne de coco macerada en un poco de su propio jugo. Es difícil lograr la consistencia deseada. Pero su cocinera lo ha hecho a la perfección.

Tom estaba ocupado extrayendo sus pinturas de la caja de metal donde las guardaba.

—Sacaré sólo las más recientes. Creo que son las mejores.

—¡Oh, no! —objetó madame Massot—. Quiero verlas todas. Todas las que ha pintado aquí.

—Le llevaría toda la noche. No sabe lo prolífico que soy.

—Muéstreme solamente las que desee, y estaré satisfecha.

Tom le pasó un fajo de gouaches sobre papel.

Madame Massot los estudió uno por uno con especial detenimiento. Súbitamente dijo, extasiada:

—¡Pero estas pinturas son fenomenales! ¡Qué sutileza! ¡Y qué belleza! ¡Quiero ver más! Nunca había visto nada semejante, se lo aseguro.

Mientras seguía mirándolas, decía por lo bajo de cuando en cuando: «*Invraisemblable.*»

Anita, que se había limitado a observar, habló.

—Enséñale *La boucle du Niger* —le pidió

a Tom—. ¿No lo tienes a mano? Creo que de todos es el más logrado.

A Tom pareció molestarle la observación.

—¿Logrado en qué sentido?

—Me encanta esa visión lejana del río —explicó.

—Ya llegaremos a eso —dijo ariscamente Tom—. Hay un orden que quiero seguir.

Madame Massot seguía contemplando las pinturas.

—Comienzo a comprender su método —dijo en voz baja—. Es muy astuto. A menudo es cuestión de permitir que el azar que forma determinado detalle decida el tratamiento de todo el cuadro. Se mantiene usted flexible hasta el último momento. ¿No es así?

—A veces —Tom asintió con reserva. Un poco más tarde, dijo—: Creo que con esto ya puede darse una idea de lo que he estado haciendo aquí.

Los ojos de madame Massot se iluminaron.

—¡Es usted un genio! Sin duda tendrá un

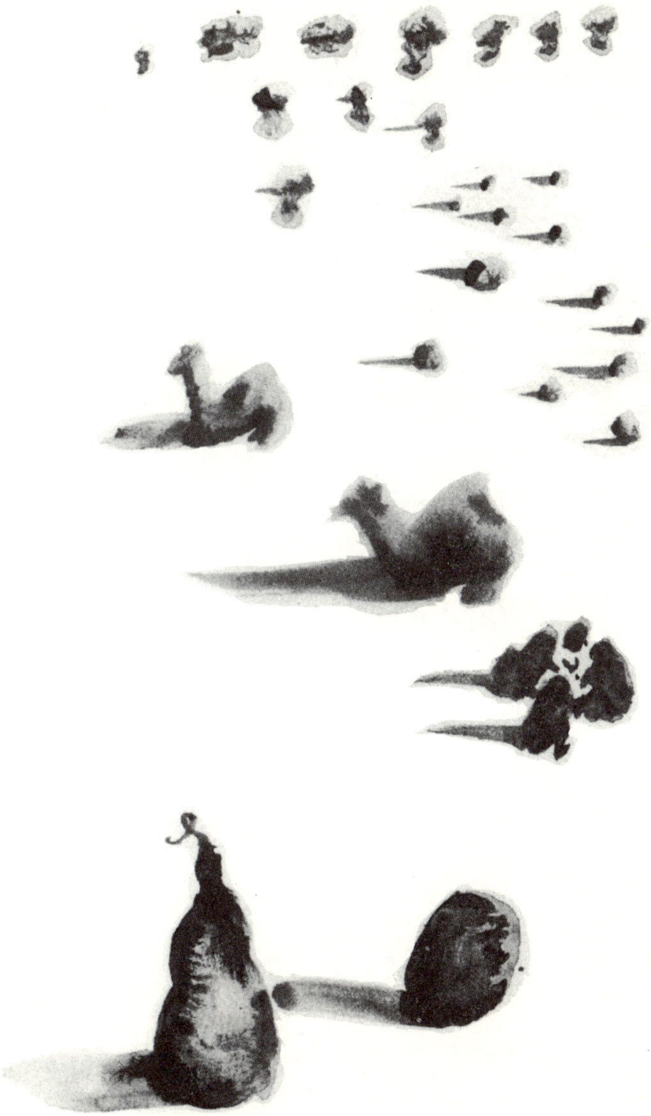

éxito enorme con estos cuadros. Son irresistibles.

Cuando Yohara hubo recogido las tazas de café, madame Massot se levantó.

—Sigo pensando en tomar a esa mujer cuando ustedes se vayan —les dijo—. ¿Se irán esta semana?

—En cuanto sea posible —dijo Anita.

—Subamos a la azotea a ver cómo está el tiempo —sugirió Tom—. Tendrá que volver a casa sin monsieur Bessier.

Tom y madame Massot fueron hasta la puerta.

—¿No vienes? —Tom le preguntó a su hermana. Anita sacudió la cabeza, y él cerró la puerta al salir.

Estuvieron en la azotea más tiempo del necesario para decidir si el viento había disminuido. Anita, sentada en el cuarto con la puerta cerrada, pensaba que la comida había sido una pérdida de tiempo. Cuando regresaron, madame Massot intentaba convencer a Tom de que no era necesario que la acompañara a casa. Anita vio, sin embargo, que él estaba resuelto a ir. «Pero todo el mundo me conoce aquí —protestaba ella—, y todavía hay luz. A nadie se le ocurriría molestarme. Además, se ha calmado el viento, y ya no hay prácticamente nada de polvo en el aire. Insisto en que se quede aquí.»

—Ni soñarlo.

## XVI

Cuando madame Massot se hubo despedido de Anita de una manera más bien formal, volvieron a salir, y Anita subió de prisa a la azotea para refrescarse. Corría poco viento, y el suave paisaje del pueblo de barro era visible una vez más. Todo estaba en calma; sólo algún perro ladraba de vez en cuando para romper el silencio. La alegría de saber que partiría pronto le hizo llegar a sentir cierta responsabilidad acerca de la casa. Le pareció que sería buena idea bajar a darle las gracias a Yohara por haberse esforzado tanto en preparar una comida excelente para la invitada. Yohara, de pie en la cocina a la lumbre de dos candelas, recibió los elogios con su acostumbrada dignidad imperturbable. Era difícil comunicarse con ella, de modo que Anita sonrió y salió al patio, moviendo en todas direcciones la luz de su linterna. Luego, regresó al cuarto donde habían comido, y donde seguía ardiendo la lámpara de gas. Había dejado la puerta abierta al subir a la azotea, y ahora el cuarto estaba ventilado. Se sentó en los almohadones y se puso a leer.

Antes de lo esperado, Tom estaba de vuelta, con la camiseta empapada en sudor.

—¿Por qué has sudado así? No hace tanto calor —le dijo Anita.

—Corrí casi todo el camino de regreso.

—No tenías por qué. No hay ninguna prisa.

Leyó unas líneas más y dejó el libro a un lado.

—Bueno, ahora sabemos que no es lesbiana —dijo.

—¿Estás loca? —exclamó Tom—. ¿Sigues pensando en eso? Además, ¿por qué no lo sabemos hasta ahora? ¿Porque no te hizo insinuaciones?

Anita le clavó los ojos un instante.

—¡Ah, cierra el pico! Me pareció bastante obvio que le interesas.

—¿Por qué, obvio?

—Oh, por la forma en que se deleitaba en tus pinturas, para empezar.

—Simples modales franceses.

—Sí. Lo sé. Pero ninguna regla de etiqueta prescribe elogios tan exagerados como los que te hizo.

—¿Exagerados? Los hizo con toda franqueza. De hecho, bastante de lo que dijo venía perfectamente al caso.

—Veo que eres sensible a los halagos.

—No puedes creer que nadie llegue a entusiasmarse con mi pintura, lo sé.

—Oh, Tom, eres imposible. No he dicho eso, pero en mi opinión hoy no fueron tus pinturas lo que la alborotó.

—¿Quieres decir que tiene un interés sexual?

—¿Qué crees tú que quiero decir?

—Está bien, digamos que lo tiene, y que yo le correspondo, ¿tendría alguna importancia?

—No, por supuesto. Pero creo que es interesante.

—No haces más que velar por mi integridad de pintor. Tienes razón, naturalmente, y debería agradecértelo. Pero no lo hago. Es demasiado grato que te digan lo bueno que eres. Dan ganas de mantenerte ahí arriba un momento, saboreando las cosas bonitas que acabas de oír.

—Lo siento —dijo Anita—. No quería restarle valor a tu trabajo, ni deprimirte, desde luego.

—Probablemente no, pero me deprime hablar de eso ahora.

—Lo siento —repitió, en un tono que la desmentía—. Camino de su casa, ¿siguió madame Massot hablando de tus pinturas?

Tom estaba enfadado.

—No. —Un momento después, continuó—: Tenía una historia bastante complicada que contarme sobre dos estudiantes de

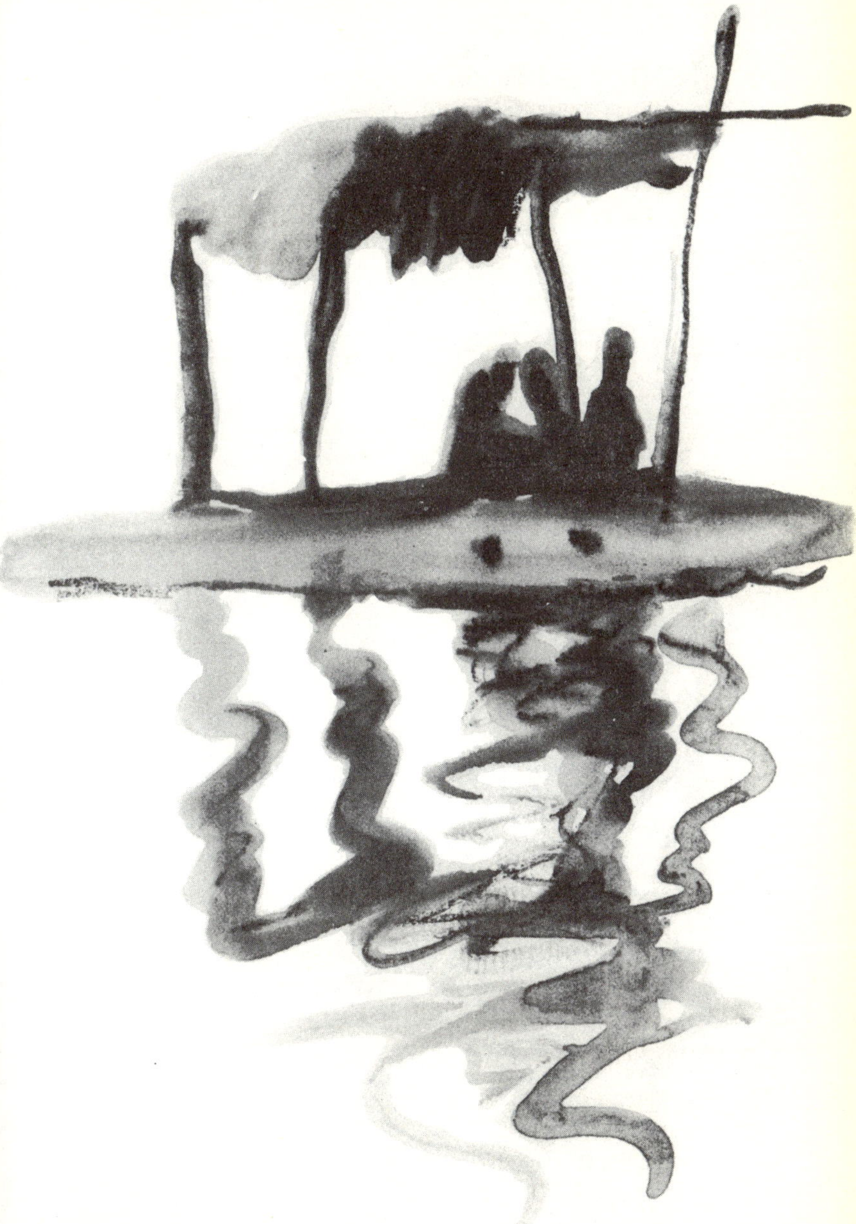

Yale, a quienes encontraron muertos la semana pasada cerca de Gargouna. Aquí nunca nos enteramos de nada. La policía interrogó a monsieur Bessier. Sabían que su camión había sido visto en los alrededores un par de días antes de que los encontraran. Había sido visto, claro, porque lo llevábamos nosotros. Esos chicos tenían una motocicleta, y estaban probándola en la arena.

—¿Tuvieron un accidente? —Consiguió decirlo con naturalidad—. «No es necesario —pensó—; nadie sabe nada.»

—Se estrellaron contra unas rocas, y quedaron gravemente heridos. La cosa es que, por lo visto, no murieron a causa de los golpes.

—¿Y de qué murieron? —dijo, demasiado débilmente. «Debo continuar esta conversación como si no significara absolutamente nada», se dijo a sí misma.

—Murieron de insolación. Los muy bestias iban desnudos. Llevaban sólo pantalones cortos. Nadie sabe con seguridad cuándo ocurrió el accidente, pero deben de haber estado ahí tirados dos o tres días expuestos al sol, quemándose y ampollándose por horas. El que nadie del pueblo los haya visto antes es un misterio. Pero la gente no pasea mucho por las dunas, desde luego. Y cuando por fin alguien los vio, el sol había acabado con ellos.

—Qué pena. —Los vio una vez más, con sus pantalones cortos azules y rojos, la sangre sobre los cuerpos bronceados, y la armazón de cromo retorcida encima de ellos—. Pobres chicos. Qué horror.

Tom seguía hablando, pero ella no le escuchaba. Un poco más tarde, dijo muy bajo: «Terrible.»

## XVII

Ahora que estaban a pocos días de partir hacia París, Anita comenzó a sentir agudamente la necesidad de sacarse de la cabeza la neblina de dudas y miedos que la atormentaban desde aquel día en Gargouna. Naturalmente, el sueño era fundamental; hacía varias noches que no lo tenía. También Sekou era importante. Consideraba que marcharse sin una explicación satisfactoria de su conexión con el sueño sería un verdadero fracaso. Los monstruos había muerto. Sekou estaba vivo; podría serle útil.

—¿Sabes dónde está Sekou? —le preguntó a Tom.

—¿Por qué? ¿Quieres verlo? —Tom estaba sorprendido.

—Quería dar una vuelta por la playa, y pensé que podría acompañarme.

Tom vaciló un momento.

—No sé si estará en condiciones. Ha tenido molestias con una pierna infectada. Voy a ver si anda por ahí, y te avisaré.

Tom encontró a Sekou sentado en una habitación cerca de la cocina, y le propuso curar la herida una vez más. Sekou se mostró indeciso cuando vio a Anita, que estaba a la puerta.

—Puedes entrar a ver, si quieres —le dijo Tom. El excesivo pudor de estos hombres le impacientaba.

—Es una herida fea, del tobillo hasta la rodilla. No me extraña que se haya infectado. Pero está mucho mejor. —Arrancó el esparadrapo que sujetaba los ventajes—. Ya está completamente seca —anunció—. De nada serviría preguntarle si le duele, porque diría que no aunque estuviera muriéndose de dolor. *Tout va bien maintenant?*

Sekou sonrió y dijo: «*Merci beaucoup. La plaie s'est fermée.*»

—Podrá acompañarte —dijo Tom.

Sekou pareció aliviado cuando Tom tiró de su gandura para cubrirle la pierna.

Caminaban por la orilla del río, y Anita le preguntó cuál había sido la causa de la herida.

—Usted lo vio —dijo Sekou, asombrado por la pregunta—. Estaba allí. Usted vio cómo esos turistas me golpearon con su moto.

—Es lo que pensaba —dijo—. Oh, esos monstruos.

Era confortante el expresarse así de ellos, aunque supiese que en parte había sido responsable de sus muertes.

El viento comenzaba a soplar otra vez, y el aire se llenaba de polvo. Había pocos pescadores en el río. A media mañana, oscurecía.

—Usted dijo que eran demonios —prosiguió Sekou—. Pero no lo eran. Eran jóvenes ignorantes. Sé que se enojó mucho con ellos, y que les echó una maldición.

Anita estaba atónita. «¡Qué!», exclamó.

—Dijo que se meterían en problemas, y que estaría contenta de verlos sufrir. Creo que se han ido.

Tuvo el impulso de decir: «Están muertos», pero guardó silencio, extrañándose de que Sekou no se hubiera enterado.

—Yo los había perdonado, pero sé que usted no lo hizo. Cuando la pierna comenzó a dolerme mucho, monsieur Tom me puso una inyección. Yo pensaba que tal vez el dolor se calmaría si también usted los perdonaba. Una noche soñé que iba a hablarle. Quería que lo dijera. Pero lo que dijo fue: «No. Son demonios. Casi me matan. ¿Por qué habría de perdonarlos?» Y supe entonces que nunca los perdonaría.

—Monstruos, no demonios —dijo Anita entre dientes. Sekou pareció no oírle.

—Gracias a Dios, monsieur Tom me ha curado la pierna.

—¿Regresamos? El aire está lleno de polvo.

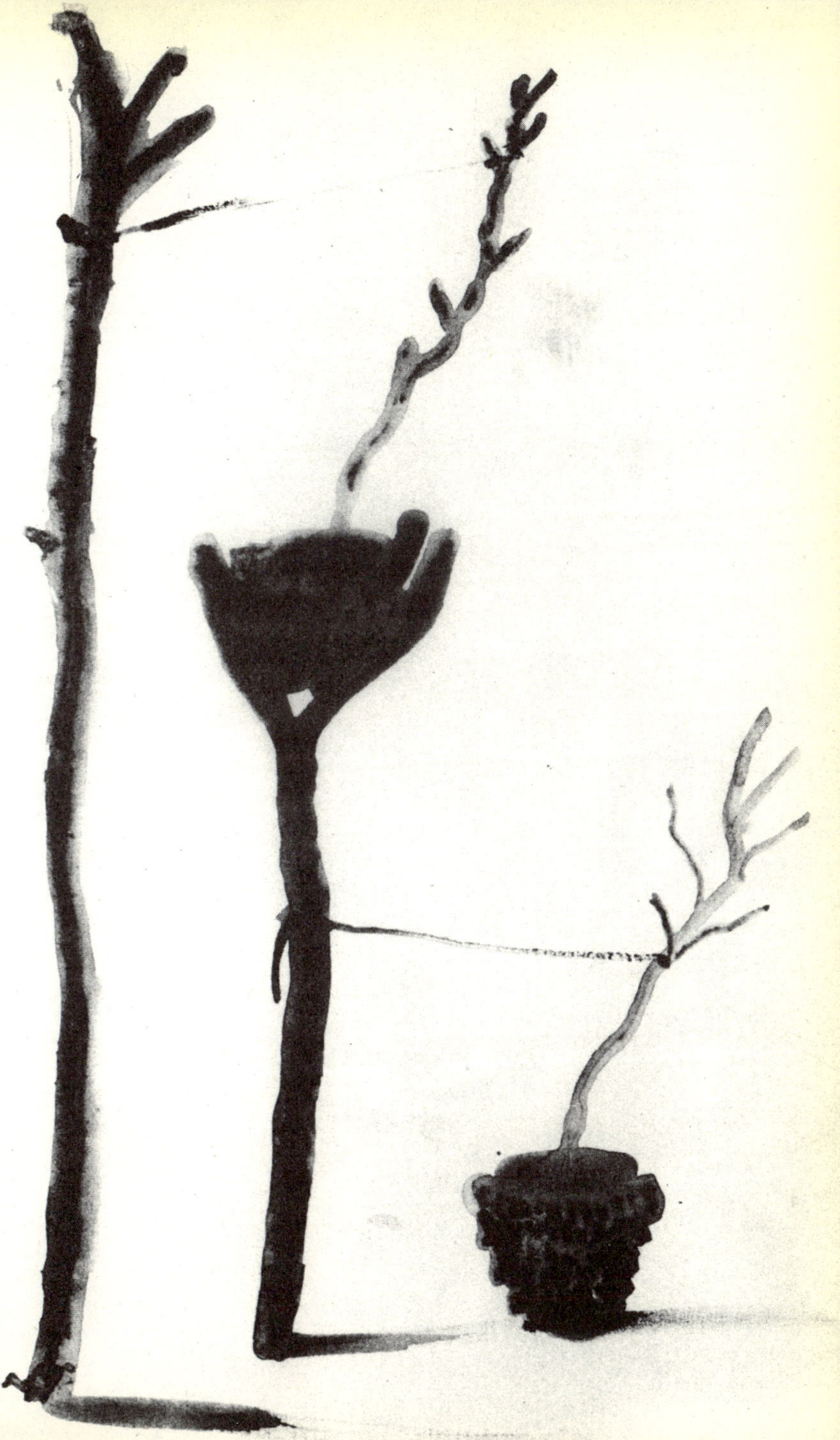

Dieron media vuelta y comenzaron a desandar lo andado. Después de caminar algunos minutos en silencio, Anita dijo:

—En el sueño, ¿querías que fuera a verlos, a decirles que los perdonaba?

—Me hubiera alegrado mucho, sí. Pero no me atreví a pedírselo. Pensaba que sería suficiente que dijera: Los perdono.

—Ya de nada sirve decir que los perdono, ¿verdad? Pero sí, los perdono. —Su voz sonó un poco lastimera. Sekou lo advirtió, y se detuvo.

—¡Por supuesto que sí! Le sirve a usted. El rencor envenena. Todo el mundo debería perdonar siempre a todo el mundo.

Anita permaneció callada durante el resto del camino. Pensaba en su sueño, en el que no había lugar para el perdón, pues Yindall y Fambers no podían ser otra cosa que lo que ella se había anticipado a decidir que eran. Eran monstruos, y por lo tanto el subconsciente tuvo que proporcionar un mundo para ellos donde todo era monstruoso.

Pensó en la interpretación que Sekou había dado a sus furiosas palabras contra los motociclistas. En cierto modo, era bastante acertada. Había actuado como quien profiere una maldición, aunque ella no hubiera descrito la cosa en esos términos. Sin entender las palabras, Sekou había comprendido su significado. Las emociones primarias tienen su propio lenguaje.

No se había equivocado. Por su intenso deseo, a través del sueño, Sekou había logrado ponerse en contacto con el lado oscuro de su mente, y la forzó a ir en busca de Yindall y Fambers. (Sólo podía llamarlos por esos nombres.)

## XVIII

A la mañana siguiente Tom había salido temprano, no a correr por la orilla del río, sino para ir al mercado, y regresó en un estado de intensa excitación.

—¡Hemos tenido suerte! —exclamó—. Me encontré con Bessier. Su sobrino está aquí, y me ha dicho que hay sitio para nosotros en su Land-Rover. Así es seguro que llegaremos a Mopti antes de que comience a llover.

Anita, complacida como estaba ante la perspectiva del viaje, preguntó:

—¿Por qué hay que llegar a Mopti antes de que comience a llover?

—Porque el tramo de aquí a Mopti se hará intransitable una vez que empiece la lluvia. Más allá, el camino es relativamente fácil. Si nos llevan, nos ahorrarán muchas preocupaciones. Y no tendré que gastar una fortuna en alquilar un vehículo adecuado para ese camino. Así que, ¿puedes hacer tus maletas?

Anita se rió.

—No tengo prácticamente nada, lo sabes. Estaré lista dentro de media hora.

La estimulaba la idea de partir, de ver otro paisaje que este vacío interminable golpeado por la luz. Sentía, sin embargo, cierta ambivalencia. Había comenzado a encariñarse con el pueblo color arena, pues sabía que nunca vería otro igual. Tampoco —pensó— volvería a encontrar a una persona tan poco complicada y tan pura como Sekou. (Sabía que en el futuro seguiría pensando en él.)

La mañana de su partida, Tom estaba ocupado repartiendo dinero entre la gente que había servido en la casa de una o de otra manera. Anita lo acompañó a la cocina y le dio la mano a Yohara. Tenía esperanzas de ver a Sekou para decirle adiós.

—Estoy realmente decepcionada —dijo cuando aguardaban frente a la casa al sobrino de Bessier.

—Al final has decidido que Sekou te gusta —le dijo Tom—. Ya ves, no quería violarte.

Anita no pudo contenerse.

—Pero soñó conmigo —repuso.

—¿De verdad? —A Tom pareció hacerle gracia—. ¿Cómo lo sabes?

—Él me lo dijo. Soñó que venía a mi cuarto y se quedaba al lado de mi cama. —Decidió detenerse y no contar nada más.

Tom sacudió la cabeza con una expresión desesperada.

—En fin, todo esto es demasiado para mí.

Muy adentrados en el desierto, seguía reviviendo la historia, que dejó de parecerle angustiosa. Sekou sabía buena parte, pero ella lo sabía todo, y se prometió a sí misma que nunca nadie más se enteraría.

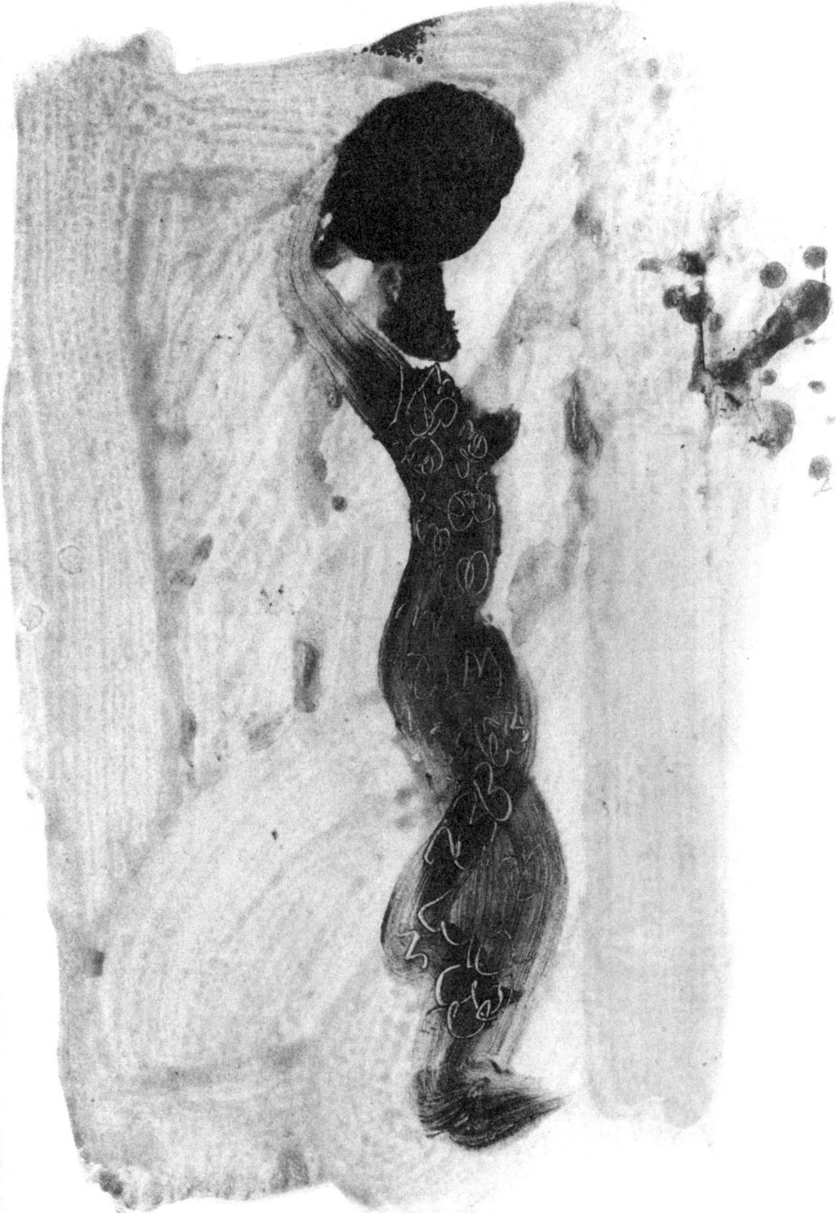

Impreso en el mes de noviembre de 1992
en Talleres Gráficos DUPLEX, S. A.
Ciudad de Asunción, 26
08030 Barcelona